山童笛韵

赵倩仪 著

——毛南山乡支教记

北方文艺出版社

·哈尔滨·

图书在版编目（CIP）数据

山童笛韵：毛南山乡支教记 / 赵倩仪著. —— 哈尔
滨：北方文艺出版社，2024.8
　　ISBN 978-7-5317-6252-2

　　Ⅰ.①山… Ⅱ.①赵… Ⅲ.①散文集－中国－当代
Ⅳ.①I267

中国国家版本馆 CIP 数据核字(2024)第 108965 号

山童笛韵：毛南山乡支教记
SHANTONG DIYUN MAONANSHANXIANG ZHIJIAOJI

作　　者 / 赵倩仪			
责任编辑 / 宋雪微		封面设计 / 赵倩仪	
出版发行 / 北方文艺出版社		邮　　编 / 150008	
发行电话 /（0451）86825533		经　　销 / 新华书店	
地　　址 / 哈尔滨市南岗区宣庆小区 1 号楼		网　　址 / www.bfwy.com	
印　　刷 / 成都荆竹园印刷厂		开　　本 / 880mm×1230mm 1/32	
字　　数 / 120 千		印　　张 / 6.5	
版　　次 / 2024 年 8 月第 1 版		印　　次 / 2024 年 8 月第 1 次印刷	
书　　号 / ISBN 978-7-5317-6252-2		定　　价 / 66.00 元	

不论是深山里的默默坚守，
还是风雨中的砥砺前行，
我们都是不忘初心的追梦人！

序一

    壬寅三月，时逢春分，伴随羊城的第一场春雨，我读完了赵倩仪老师洋洋洒洒近十万字的书稿，一幅幅"山那边"灵动的生命画卷于不经意间在我的脑海里浸染似的徐徐舒展开来。正如作者自己所说：今天，她就是一个讲故事的人。是啊，她用 34 个平铺直叙却又引人入胜的故事，记载了自己两年支教生涯的心路历程。人与人之间有了交往便有了故事，故事之间的连接让我不禁联想起电影艺术中的蒙太奇手法，近情、远景、对话、旁白；情节的跌宕，心绪的起伏；戏剧的冲突，灵魂的感悟；一帧一帧，一页一页，都是那么具有感染力，使人不知不觉就跟上了写作的节奏。字里行间不断奔突的一股股力量延绵不绝，读来让人血脉偾张，印象中，我很久都没有过这样的读书体验了。这是何故？哦，"蒙太奇"，我再次判定。极具画面感的娓娓讲述如镜头组合般神奇，透过感性的表象去理解事物的内在，真情流露的文字呈现所渲染的生命的张力，正是本书艺术感染力之源。

    有过三十年前去世界屋脊的从教经历，再读赵老师笔下的这些文字时，我不觉眼眶湿润，暖意萦怀：没有真情付出，何来铭心刻骨？仿佛，"山那边"的一切都还历历在目。有与瑞国校长、贲校长、姿娇主任、春蕾老师、少玲老师、庆权主任

1

等"宝宝"们相遇相识的场景；有与环江的毛南族学生们一起坐在宁静的教室里，畅游知识海洋，体验音乐魅力的欢愉；也有走村串户，控辍保学的艰辛；还有遍尝农家自磨的豆腐、爆炒环江牛肉、环江香鸭等美食的满足……这期间，始终情怀激荡，笛声悠扬。

生活有时候会将我们的梦想撕扯得支离破碎，因为物欲，因为功名，因为利禄……但在赵倩仪老师的笔下，她对口支教的都川小学像一块净土，所见所得都是快乐和温暖的。国旗下稚嫩的讲话，还原了教育的本真；轮班制的升旗手保证了教育的公平；在这里，每个老师都写得一手好字，手写的邀请函，手写的少先队入队誓词，手写的校园文化墙。民族文化在这里被很好地保留，毛南族歌谣处处可闻；少了外界的喧闹的侵袭，全校几乎没有孩子戴眼镜；孩子们每天的娱乐活动就是排队打乒乓球，到图书馆看书，到操场愉快地玩耍；孩子们和老师们一样，有着对梦想的憧憬，对知识的渴望，他们兴致勃勃、勤奋好学……

除了温度，赵老师的文字还有一股强大的力量，那就是坚定和勇毅。因为她和都川小学及川山镇其他学校的老师们，乃至环江县的老师们都带着一颗热爱教育的赤诚之心，怀着教育就是爱学生的淳朴愿望，全心全意地教书育人，呕心沥血地改善学校环境。正因为有这份对教育的初心和使命，再难的事也都会伴随着坚定、勇毅和欢笑，凸显了教育工作者的价值和意义，散发着人本主义的光芒。

生命的意义到底是什么？环江的老师们告诉我们，生命的意义就是在一片贫瘠的土地上，播撒下知识的种子。好老师的定义到底是什么？环江的老师们告诉我们，不仅仅是上好一节课，准备好一场比赛，评上更高一级的职称，好老师可能只是你的默默坚守而已；也可能只是学生需要时，你的出现；又或是领导分配任务时，你的一句"我愿意"。教育的意义到底是什么？环江的老师们告诉我们，教育就是用自己的生命，去影响一群人的生命。

让我们跟随赵老师讲述的故事，走进她支教两年的广西壮族自治区河池市环江毛南族自治县，去认识那样一群用生命"做教育"的人，去发现和感受"山童笛韵"的真、善、美吧。

最后，向走进大山深处的支教老师致敬！向默默坚守在大山深处的教师致敬！

杨健

2022 年 3 月于广州天河

序 二

　　手握方向盘一路向西，进入广西的典型告示，便是接连不断的隧道。城市与贫困山区由众山相隔，又由隧道连通。这隧道又似具备时光穿梭之功能，从高楼大厦到绿树峰林，带我穿越了现代与原始。让我疑惑的是这向西的路啊，到底是穿越到了过去，还是穿越到了未来？两年的支教之旅，我曾带着优越感而来，终却带着敬畏与谦卑离去。山的另一头，并不是我们想的那样只有落后与不堪，与之相反，此处独特的风景一次次震撼我心。除此之外，还有另一座无形的山存在于教育与科技之间。无意中的跨界经历，也给我的人生增添了许多故事与乐趣。

　　感谢赐予我生命的父母，是你们让我有机会拥抱和感受这大千世界的美好。感谢给予我帮助的人们，你们是我会铭记一生的贵人。感谢我爱的和爱着我的人们，是你们给予我温暖，让我在旅途中不觉孤单。当然，还有绊我跌倒的人们，我也要感谢你们，是你们促我成长，令我如同涅槃重生。

　　只有经历过，才能体会世界与生命的美好。借由此书，记录下不安分的自己，顺便带你看看，不一样的"山童笛韵"。

赵倩仪
2021.12.2

4

目录

1

引 子

　　风大，伞撑不住。无孔不入的雨水，让他无法用鼻子呼吸，只能张着嘴，眯着眼。隔着镜片，那越发混沌的世界倒是让他忘了怯，他把一只脚缓慢地伸进了湍急的河水中，试探着它的底。为了对抗脚下横向的冲击力，他浑身肌肉紧绷着，每根脚趾缩起来紧紧地抓住脚上的塑料拖鞋。脚不能抬高，只能向前平移，每一步都能让他的整个身体感受到自然强大的不可抗拒的力量。他身上的白色衬衫已变成了无色，紧紧地贴着他的胸和背，同他一起感受着雨水的肆意拍打和他急促的呼吸及心率。被卷起裤脚的那条西裤，在前行中逐渐被泥兽吞食。挪到河中央时，就只能看到他的上半身了。"可以过！"他边想边调头，准备返回刚才出发的岸边。

　　此时，阴暗的天空突然闪亮了几下，一道闪电冲破乌云，仿佛就要劈到不远处的教学房。随后"轰隆"一声，巨大的炸雷惹得岸边的孩子们一阵尖叫。

　　"往后退，再往后退！把手都拉好了，别乱动，等我回来！"他用尽全身的力量扯着嗓子冲着孩子们大喊，以求声音能穿过流水的咆哮声、雨水声、雷声、风声……传到孩子们的耳朵里，"别乱动，不要乱动，不要喊！"他加快了挪动的速度，眼里只剩下岸边孩子们的安危。他的命令起了作用，孩子

1

们安静了下来。虽视线模糊，但他心里清楚，此时岸边站着十六个他从教室那边领出来的孩子，他们是他的学生。他，要带他们去参加期末考试。

这个"他"，是现任环江教育局师培中心的林老师，现在就座于我斜前方的司机位上开着车。他身着蓝色衬衫，黑色西裤，戴着金边眼镜，长着一张娃娃脸，笑起来时会露出一颗小虎牙，三十多岁，看起来还像刚毕业学生的样子。他正带我去环江二高进行我的第二十场教师培训。他正在讲述的，是自己十八年前在驯乐乡的校点教书时候发生的故事。

他说那时候校点的期末考试必须集中到镇上的"完小"（"完全小学"的简称，后同）去完成。雨大，那年他先是跑到教办申请破例让孩子们在校点考试，结果教办不同意，他不得不折返回学校，接上孩子们，再领着他们冒雨到"完小"参考。他说，那个年代还没有电话，极个别的人能用上传呼机，所以他只能自己冒雨来回跑，单程距离就得两公里。这都不算什么，最可怕的是必经的路上发了水，便有了前面的场景。

"平日里的这条小溪，河水清澈见底，高度只在膝下。如今的暴雨，使它从'窈窕淑女'变成泥黄色的猛兽，凶猛又深不可测。我唯一能做的就是'以身试水'，只要水淹不过我的身体，我就能把孩子们运到河对岸去。我回到岸边之后，十六个孩子，是我一个个背到河对岸的。水一直在涨，后面几个孩子都是骑在我脖子上过去的。我现在想想都很是后怕，你知道吗赵老师，我不会水呀！"林老师把最后的五个字，咬得特别重。

我一时没有找到好的语言向他表达我内心的震撼，只是默默地，透过汽车的后视镜看着他的眼睛。他继续说：

　　"所以赵老师，虽然已经听你讲了无数遍了，可是你每次一说，'你们都是用生命在做教育的教育者'，我就会很感动，会流泪，我觉得，我们真是这样的。就像我那时候冒着生命危险背孩子们过河去考试，我不会多想，就觉得都是应该做的。可是在大山里这些事，没人知道，没人肯定。我们，好像从来没有被世界看见过。每次想到这里，我都忍不住要流泪。"

　　"我们到了，赵老师，您先下车，我把车停好，随后就来。"

　　这是我离开深圳来到环江支教的第 427 天，第二十场《教育教学理论知识梳理》讲座。环江，从来都不缺故事，不缺用生命"做教育"的人。他们没有被世界看见，只因他们生活在山那边。

　　恕我斗胆，身为音乐老师的我，今天想为大家做个讲故事的人。

第一章　初来乍到

"一切都是最好的安排"

1.使命

"为什么会来到这里？"

"你们每个人必须来，还是自己报名的？"

"回去会升职加薪吗？"

这些是我来到环江以后被问到最多的问题，我通常只会笑着回答："自己报名的。只是因为我单身，比较闲。"

小时候，我最想要的法宝就是哆啦A梦的"随意门"，借着那扇门的一次次推开，去看遍世界每个角落的样子。长大后当我真的走了很多地方，却庆幸自己没有一扇"随意门"，因为最美的风景，其实都在路上。我是来自深圳的一名音乐支教老师，踏入环江土地那时，我36岁。我没能在这个年纪收获美满的家庭，也没能为自己存下多少银行存款，在别人眼里，我应该算是失败者，但我更愿意相信"成功"的另一种定义："成功不在于你拥有什么，只在于你经历过什么。"经历可以赋予一个人幸福的能力，并帮你找到人生的意义。人生只是一场不留痕迹的旅行，成功属于那些旅途中知道自己该去哪并懂得欣赏沿途风景的人。

"我是谁？我为什么来？我要去哪儿？"能找到答案的人，都是命运的宠儿。

我想，我是为教育而生的。音乐教育，就是我的使命。

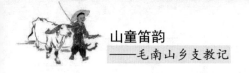

山童笛韵
——毛南山乡支教记

　　这不是我第一次报名支教了。我渴望体验不同的人生，也希望能看到中国音乐教育的全貌，更重要的是，我知道支教可以让我的心灵"在路上"。

　　其实这次招募的是初中音乐支教老师，多次报名没下文和一直在小学任教的我只是抱着试试看的心态，又提交了一次报名申请，没想到这次居然如愿以偿。更可喜的是，我并没有被分配到中学，而是到了对口的广西壮族自治区河池市环江毛南族自治县都川小学。

2.出行

由于南京师范大学在职研究生报到时间跟支教出行日期冲突，所以我没能跟支教团队一起前往都川，而是落单，一个人从南京飞往桂林，再从桂林转飞金城江。落地金城江之后我需要先坐车到环江，再由环江转车到都川。听起来就已经够周折了，高德地图还查不到公交路线，目的地都川小学的四周，在地图上显示的也是一片空白。我脑海中早已经存储下无数个假想的、条件艰苦的都川小学的不同版本。

飞机落地金城江，经验告诉我应该先坐机场大巴到市区再找车。上了机场大巴，没找到付款码，我心情忐忑。在深圳生活久了，我已经没有带现金的习惯了。又是因为没有从深圳直接过来，而是先在南京转了一道，我忘了给自己多备点现金。从机场到市区三十元，我掏出钱包里存量不多的现金付了款。入座后我弱弱地问了一下隔壁座的大叔："您好，请问下，广西这边，还没有普及移动支付吗？"

"移什么？"大叔的口音很重，我只能猜他说的是这三个字。

"移动支付。"我重复道。

"什么移动师傅？"

我微笑着摆摆手告诉他没事了。沟通没有成功，我心里默默地担忧起来。"没普及移动支付的话，到环江得先取钱。"

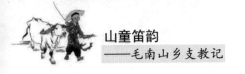

我边想，边把钱包里剩下的现金又拿出来仔细数了一遍，还剩275元，我可是得待一年呢！车窗外一片荒凉，远处的喀斯特地貌奇观，望去倒是使人心情愉悦。一路上，除了给家人和朋友报平安外，我几乎没有碰过手机，思绪中一直在整理这一段时间以来对这个陌生地的一切憧憬和想象，并为承受一切艰苦做思想准备。从机场到市区大概花了五十分钟，终点在金城江市区的城市候机楼。

"下车了，下车了，终点站到了……"司机把车停靠到路边后吆喝。

乘客们先后起身，随着窸窸窣窣的声响，每个人身上都挂上了三五件大包小包的行李，开始慢慢往前挪。车上前后座位间有点窄，我拉着前面座椅的椅背，费了点儿力气才站起身，跨一步侧身站到过道，屏住呼吸使了大劲儿，从头顶的行李架上拉下我那"千斤重"的背囊，背囊下落的那刻，我快速反手托举，以免它掉下来砸到我身后陆续擦背挤过的乘客。借着前后乘客短暂的距离空档，我背好背囊，随着人流好不容易挪到车门口。"师傅，请问到车站怎么走？可以打车吗？"我一边问司机，一边侧过身，让后方的乘客可以从我身后继续下车。

"可以，还可以叫滴滴。"司机回答。

"啊？这么洋气！"我好惊喜，"谢谢啊！"

这就好办了。我蹦下车刚掏出手机，面前就驶来一台计程车，我赶紧伸手拦下。

"师傅，请问去环江，要到哪个车站？"

"环江啊，去北站才得，北站车多，总站也得，车少，要等久。"师傅操的是桂柳普通话。

8

"那我去北站。"我钻上车。

刚到车站，还没来得及买金城江到环江的车票，我就接到环江教育局负责对接支教工作的教研室莫主任的电话，说坐大巴太慢了，一会儿派车直接来车站接，让我在金城江车站等。与组织成功建立了联系，让我感觉到很踏实。

按惯例，每次支教团队"出征"，福田区会派相应的教育部门领导护送，到了支教地后，再把支教老师交接给当地的教育部门。大部队已经交接完毕，我因个人原因落伍，需要赶上中午这顿饭，跟双方教育局的领导们碰个面方得圆满，饭后，深圳的领队就要返程了。

在等待的间隙，我仔细打量了一下这个车站，试图通过车站窥见这座城市的全貌。车站不大，仅有的几个失修的候车凳显得有点脏。售票窗口前人不多，窗口偏低，每个人都需要弯腰跟售票员对话。车站里来来往往的人，身上穿的服饰颜色偏暗，加上车站不够明亮的照明，显得阴沉。外面的街道不宽，两侧的店铺让人提不起兴趣。银行也不像是近距离可以找到的。我不敢走远，就在门口一张候车凳上坐了下来。我要去的地方，比这里还要落后，我边想着，又陷入了一阵沉思。

大概等了半小时，见到了接我的车。从军绿色的北汽吉普上下来两位和蔼的中年男子，一位头发偏稀，八字眉，是环江县教育局教研室莫主任，也是党工委委员，大家都习惯叫他莫委员。另一位五官端正，额头上有三条明显的抬头纹，脸上挂着他那经典式微笑，眼睛眯成了两条缝，露出有烟渍的牙齿，这是都川小学的韦瑞国校长。他们个子都不高，皮肤偏黑，穿着和长相，都有着淳朴的味道。

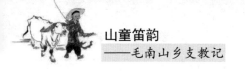

"是赵老师吧？我是刚在电话里跟你联系的莫委员。"莫委员迎上来自我介绍，在他握手时的摆动幅度中我感受到了热情。

"抱歉啊，给大家添麻烦了，还让你们多跑一趟特地来接。"我说。

"没什么，应该的。这位是都川小学的韦瑞国韦校长。"莫委员向我介绍正拉开车尾箱的韦校。

"赵老师，路上辛苦了！"瑞国校长伸来一双与他个头不符的粗糙大手，他表达热情的方式不是靠幅度，而是靠力度。

"没有，路上很顺利，您才辛苦。校长当司机亲自来接，我真是受宠若惊。"我话音刚落，韦校长准备去帮我提行李，我连忙拦下，"我来我来，让我自己来吧，不重。"我把行李装进车尾厢，瑞国校长关了尾厢门，然后从上衣兜里掏出一包黄色软包装的烟，抽出两根递给我。

"哦？"我愣了一下，"我不抽烟，不会，谢谢！"校长这个动作让我挺意外，惹得我止不住笑。

韦校长又将烟递给了莫委员，莫委员接了烟，韦校长边帮莫委员点火，边跟我解释说："之前遇到过抽烟的女同志，我没给递烟，结果被她说我不尊重女性，现在应该男女平等。所以那以后不论男女，我都会递烟了。"韦校边说，边侧歪着头点着自己那根烟。

其实，我当时纳闷的不是递烟，是电话里说领导都等得很着急了，为啥还有时间先抽根烟。后来才懂得，这个节奏，便是广西特色。

时间也没耽搁太久，抽完烟，我们便都上了车。

3.第一顿饭

半小时车程后，我们抵达环江某饭店。饭店的走道较窄，一米以下刷着绿漆，白墙、绿漆均已斑花。两地教育部门的领导代表早已就座于朴素的包间。从领导规格与饭店规模的匹配度来看，我确信自己已远离了深圳，只是用的不是"随意门"，而是"时光机"，周围的景象像极了脑海里依稀存储的80年代的场景。经过一轮列座领导人员介绍后，便正式开饭。

请原谅我对领导们"过目就忘"的本事，无法给大家一一介绍出席的人们。若问菜品，我倒都记得清楚：自磨的豆腐、爆炒环江香牛肉、环江香鸭……美食面前，我表现得很不见外。席间一位五官精致，体形微胖的施常委发话了，他对旁边的环江教育局领导说："你们记得，按照惯例，给赵老师挂个职，挂副校长。"正沉浸在美食中的我差点被嘴里的一口饭噎到，我连忙咽下饭摆着手说："不用不用，我就当个老师就好。"施常委是深圳福田区驻环江的挂职领导，职位是环江常务县副县长，已经在环江待了近三年，我后来得知他曾是部队里的空军飞行员。

他的出发点自然是为我好的，但我的拒绝也绝没有半点虚伪，我自知自己不适合走行政路线，光凭我对领导"过目就忘"的本事，也能判断我不是当领导的料。可施常委似乎不太高兴，

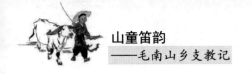
连忙给了我一个眼神，好像在说我不懂事，他补充道："那不行，大老远跑来，如果只当个老师，能发挥什么作用啊？肯定要当个副校长，有点职位，参加到学校管理里面来，才能对学校有更大的帮助啊！"我依然不识趣地说："我当个老师也能有作用的，我有我想做的事情，"趁领导们在场，我要表个决心，我接着说，"我在深圳就一直在推课堂器乐教学，在这个地方，孩子们到外面学乐器应该会很难，我希望可以过来，让每个孩子都学会一件乐器。"我掏出手机，给旁边的领导看了我在深圳福田区水围小学的器乐教学成果——学校千人竖笛演奏视频。我也给瑞国校长看了视频，瑞国校长忙说："需要什么？学校都支持。这个乐器多少钱？在哪里买？我现在让他们买。"这种表达让我太感动了，这便是我心目中好领导的形象。

"这种乐器，应该是学生能够用到的最便宜的课堂乐器了，没有之一。我非常想在乡村学校里尝试开展器乐教学，让每个孩子都学会一件乐器，让音乐能属于每个孩子。"我心怀感恩地表达了自己的抱负。

"这个可以从长计议，不着急，这才刚来。后期有什么需要我这边支持的，也可以随时说。来来来，先吃菜，吃好了才有力气干革命。"施常委接话说。领导言语上的支持，自然令我如同打满了鸡血。

大约一小时时间，餐毕。佳肴和理想抱负蓝图填满了我，赶走了旅途中的疲惫。

"赵校，吃好了没？"施常委逗我道，"赵校？"他见我没反应特地又喊了一遍。

　　"啊？"我才反应过来，"叫我呢？"

　　"你要尽快习惯这称呼啊！"施常委的玩笑逗乐了所有人，我自己也尴尬到笑得停不下来。

　　环江的第一顿饭，在大家的笑声中散了席。

第二章　美丽校园

"看到你的美时，我笑了；懂得你的美时，我哭了"

1.从"地狱"到"天堂"

　　饭后，我坐瑞国校长的北京吉普车回都川。车窗外建筑少，路弯，大车多。双向单车道，超车时感觉很危险。校长车技很好，加上车子大，填补了些许安全感。

　　"我们这边山上种的都是桉树，桉树是这边最重要的经济来源之一。"

　　"这边的房子，都是安置房。原来这边有矿，后来国家不给挖了，所有下岗的人都安置在这片房子里面。"

　　"这片房子是给困难户的。一个人只出两千元就得一套房子。"

　　"真的吗？两千一套，不是两千一平？"我一边惊讶地问，一边想了想深圳的房价，好想喊一句"我才是贫困户"！

　　"两千一套。所以这里的人啊，怎么能不说共产党好！"校长笑了一下。

　　"我们这边每个老师、校长都要扶贫，每周六都不休息，今年年底必须脱贫……"

　　校长用略带口音的普通话很认真地向我介绍当地的情况。路过什么，就讲解什么。关于桉树、安置房、贫困户、扶贫，这一切的一切，我都是在后面才逐渐深入了解，在校长第一次讲解时，我是完全没有概念的。

"咱们学校，我是唯一一个专职音乐老师吗？"我打断校长的介绍，问了一个我一直想问的问题。

"我们学校？"校长停顿了一下，然后提高了声调补充，"你是我们全镇，唯一一个专职音乐老师！"

"你过来，我起码盼了十年了。"校长又补充道。

"全镇？一直没有？为什么呢？"我追问。

"谁来啊？外面的人不愿意来，工资低。本地的，以前就没有得学，现在都是五音不全。"

"这样啊……"我感叹着，并觉得校长说得很有道理。

"别说音乐老师了，这里什么老师都缺。"

"都缺？"

"没有人愿意当老师，年轻人都宁可出去打工赚钱。学校过去十年里面没来过年轻人，都是一帮中年人做到现在，成了老家伙。最近一两年才开始有几个年轻人进来。音乐、体育、美术，我们都没有专职的老师，都是语文、数学老师兼着教。我向局里面要了那么久，终于要到一个音乐老师，你来了，我们太高兴了！"

我相信瑞国校长，他说得非常诚恳。所以，"你的数学是体育老师教的吧"这种大城市常说的梗，到这里就失效了，因为兼课教学在这边是常态。我逐渐还知道另外一个词，叫"包班"。

大概四十分钟车程，车子开进了都川小学校园内。美丽的校园跟刚才聊的话题和我内心的预设形成了强烈的反差。我几乎不敢相信所见：华丽的校门，"都川小学"四个字在阳光下显得金碧辉煌。校门门栏是伸缩式闸门，跟深圳的学校一样，

16

只是比深圳的大。学校本身由于处于高地，而周围的建筑物又都很矮，学校教学楼之间都隔开一定距离，走进来有一种特别开阔的感觉。进门左手边是一个崭新的校园足球场，外圈是大概 300 米的橡胶跑道。往操场方向远眺，是典型喀斯特地貌特点的群山，这个跑道在群山的衬托下简直就是独特的风景，我甚至觉得这种美似已超脱凡间。中间的校道两旁种满了桂花树，香气弥漫。右手边有三个篮球场连成的大片场地，两栋教学楼之间隔着两个没有挂网的羽毛球场。教师办公楼、综合楼都是独立的建筑。我估摸了一下，这学校的面积应该有我深圳学校的 3 倍大，后来经过数据核实，是 5 倍，还有些外围的地也属于学校，现在还没开发。学校不但很大，还很干净。校长介绍说，学校里的一草一木，都是他带着老师们种上的，平时都是自己打理，卫生也是学生们自己做。我想起深圳的花工，还有保洁阿姨们，这边的老师和孩子们干得一点也不比专业的差。

校长带我参观了教学楼、图书室、食堂、学生宿舍、综合楼。几栋楼里的楼梯都是原始的水泥阶梯，已被磨得光亮，各种名言警句占满每一处过道两边的墙。综合楼里面有美术室、科学实验室、舞蹈室、音乐室，配备相当齐全，并且每间教室都有电脑和多媒体。音乐室虽然没有钢琴，但是键盘乐器也不少，教室前排放着一台电钢琴和三台电子琴，侧面还有一台有历史感的脚踏风琴，我真不敢相信这是一所村办小学。

"这音乐室，也太豪华了吧！这硬件配置完全不输深圳啊，居然还有音乐室标配的学生方凳，太让我意外了！"我必须对瑞国校长表达一下我的震惊。此时我还不知道音乐室旁还有间

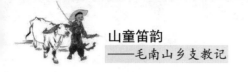

乐器储藏室，里面有上课可以用到的双响筒、三角铁、沙锤等打击乐器。

"都川小学是河池市的示范村小，整个河池最大的村小就是我们了。教室设备都有，硬件现在已经相当好了，但现在就是软件不行，没有老师。这教室平时都没有人用，也没人会用，之前都是锁起来。这回你来了，就可以把学生带过来了！"瑞国校长对我说，在他眼里我看到了真诚的期盼。

"我带你看看宿舍吧。学校里没有房间了，你们住在外面，往下走一点，那边两栋楼都是教师宿舍，一栋中学老师住，一栋小学老师住。房间是两房一厅，窗外有竹子，有小桥流水，还有鱼……"

两房一厅？竹子？小桥流水？鱼？我简直不敢相信自己听到的。

"好啊，走吧！"我已经迫不及待了。

学校往下走大概一公里，往左边进小胡同，穿过一些老房子，就到了教师宿舍。老房子外墙上"欲扶贫，先扶志"的白色标语赫然醒目。到了楼下，我碰到了另一位从深圳福田区过来支教的老师——钟雄校长。钟校长皮肤白皙，留着短寸头，样貌比实际年纪小很多，经常喜欢让外人猜他的年纪。他高挺的肚子显得很有领导相。钟校长是跟着"大部队"一起过来的，我们将在同一所学校一起支教一年。之前在深圳我们相互间并不认识，能在异地有个一道来的战友，感觉还是很亲切的，我们非常热情地互相打了招呼。我的房间在四楼，钟校长的房间在我的对门。虽是水泥地板，但房间非常方正，也很敞亮和干净。里面配好了一张床，一套床上用品，床上还挂好了蚊帐。

冰箱、洗衣机、电饭锅、电磁炉都已备好，除冰箱外，其他都是新的。瑞国校长把我带到房间的窗户前让我往外看、竹林、小桥、流水，这些都有！校长没有骗人。

"这里还是很安静的。条件艰苦一点，你们从大城市来，委屈你们了。"这应该是瑞国校长的客套话，他自己明白，这样的环境，应该无可挑剔。

"这已经很好了！我很意外，这条件简直太好了！"我说的才是真心话。

"你看看还需要什么，可以提，有时候我们乡下人做事情想得没有那么周到。"

"不用了，剩下的我自己买就行。"

"那你就先休息一下，大概六点半我再过来，接你和钟校长到街上吃饭。"

"不用客气了吧？"

"不，这是规矩。一会儿见！"

"那好吧，一会儿见。"

校长离开后，我又来到窗前，望着摇曳的竹林，新鲜的空气抹去了来之前一切失实的想象。小桥流水，虫鸣鸟叫，真实的天堂就在眼前。

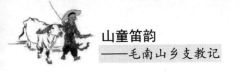

2.迎客

到了晚上六点半，校长开着他的吉普车到了宿舍楼下。"都川"是个村名，属于川山镇，这里的准确地点是广西壮族自治区河池市环江县川山镇都川村。所谓的"街"，指的是离学校大概一公里的地方，有一条省道，其中前后三百米的一段。这条省道曾是运输煤矿的必经地，所以在这段路两侧开有很多店面，这里曾被称为"小香港"，可见其繁华程度。后来煤不运了，就留下来供整个村里的人饮食起居，银行、市场、医院、超市、家具店、餐馆都可以在这条街上找到。在我没搞清楚地理环境的时候，我一直以为这条街就是镇上，而实际上真正的川山镇离都川还有八公里路程。

我们来到了街上一家叫"舒实饭店"的餐厅。这条街上的所有餐厅看上去都像我以前从来都不会跨进去的苍蝇排档。楼下几张木桌，两个慵懒的服务员，一个在喂孩子，另一个在玩手机。店里没有顾客，非常冷清的样子。"就这里吗？"我心里想。跟着校长往里走，我发现餐馆里面别有洞天，穿过一个忙碌的小厨房，上了几级台阶后，是餐馆的包房。两个包房都是满的，其中一个包房里，都川小学的老师们已就座。

瑞国校长把我介绍给大家后，便开始一一介绍在座的老师们。此时我并不知道，在座的所有人，后来都成了我的"宝宝"。

20

贡校长是川山镇中心小学的校长，也是整个镇的大校长，全镇十四所学校的事务都归她管。她三十出头的样子，个儿高，国字脸，西装，马尾，窄框眼镜，细看镜片还有一点崩缺，一副干练的 80 年代女干部形象，是个外表刚毅内心怀柔的拼命三郎。贡校长原来也是都川小学的老师，由瑞国校长一手栽培起来，所以贡校长对瑞国校长非常尊敬，镇上和学校相关的大事，她都会跟瑞国校长商量后再做决定。瑞国校长年纪长，能力强，社交活跃，在校内外都颇具威望。贡校长有摆不平的事情，也会请瑞国校长出面帮忙解决。

李书记是都川小学副校长兼党支部书记，个儿不高，娃娃脸，皮肤白皙，也扎着马尾，长得好看，显年轻，不好猜年龄。她为人真诚、热情、可靠，特别爱种菜。后期我经常到书记的菜地里"偷"菜吃，书记还时不时敲我的宿舍门，给我送来新鲜玉米和在街上买的糍粑。

姿娇主任是都川小学教务处主任。她四十出头，短发，方脸，眉毛文得深黑，五官看上去就是一副教导主任的样子。她性格爽快，做事麻利。后来我们在一个办公室，她成了我的知心大姐，早上磨的黑豆浆要分给我，买到了好吃的柚子要分给我，告诉我哪里可以买到好鸭子、好鸡蛋，还邀请我和钟校长到她乡下的家里过中秋，钓鱼、摘柚子、吃月饼、赏月……属于"掏心掏肺对你好"的类型。

春蕾老师年龄应该跟我差不多，看上去有点音乐老师的气质，长发、马尾、斜刘海，脸尖，个子瘦小，身材匀称，会唱山歌，还会跳舞，是学校数学科组长。她很热心，学校分配的工作都特别积极、认真地完成，不计较是否是分内工作。充当

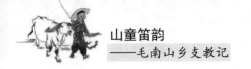
主持人，训练鼓号队，在饭局上唱祝酒歌，基本上都是她的活儿。她喜欢给我送麦芽糖，我猜是因为她自己喜欢吃。她跟我说这边有一个专门做麦芽糖的屯儿，一到赶集的时候就都拿到都川街上卖，她就是在都川街上买来的。这个麦芽糖好像就是我以前在街上看过的挑担子卖的那种"当当"糖，就是卖糖的会在一大块硬硬的麦芽糖上，用铁锤子和金属工具敲下来的那种。得名就因敲击时发出"当当"的声音。我宿舍没有工具，研究了很久吃不进嘴里去，后来找到了一个方法，用菜刀和剪刀配合，总算成功尝到了味道。与味道相比，我更享受敲糖的过程。一个没吃完，她就会继续帮我补货，直到我塞满冰箱。春蕾老师曾在广东打过工，后来又回到环江当了很长时间的幼儿园老师。她是通过了公招考试，再被分配到都川小学的。

少玲老师也跟我年龄相仿，好学，也非常喜欢音乐，她希望我能在学校里教会她唱歌、跳舞、弹钢琴……越多越好。她是学校的大队辅导员，戴着眼镜，讲话声音小，看着文文弱弱的，实际干起活儿来一点也不马虎。全校早上的几套大课间的操，都是她自己编，自己教的。其中有一套是扇子操，全校九百多人拿着扇子，好多动作我看着都觉得挺复杂，我很好奇她一个人是怎么教会全校人的。她告诉我说编好了先教给老师和高年级学生，再由老师和高年级学生去教会其他学生。看她在操场上拿着大喇叭组织学生的样子，就会让你觉得她平时的柔弱都是你的错觉。她还组织大队部活动，整个活动设计缜密，过程井井有条。所以，千万别小瞧了乡村教师的工作能力，他们只是缺少我们大城市的学习机会罢了，假设学习机会均等，他们不一定会比我们做得差。

庆权主任年纪比较大，寸长的头发已花白。他是学校的"大厨"，也是学校的"书法家"，烧得一手好菜，写得一手好字。学校有不定期聚餐的传统，这里的聚餐，绝不下馆子，而是一定要聚在家里，自己烧菜。遇到不会烧的也不用担心，学校有"御用大厨"随时听候差遣，庆权主任非常愿意出手相助。

还有总务主任成晚和练超，以及几个学校里的年轻老师，他们我就留到以后再找机会介绍。

这一桌子的人，每个人都有自己鲜明的个性特征，每个人都有属于自己的再合适不过的位置。这一切不得不说，都得益于非常睿智的韦瑞国校长。瑞国校长此时五十四岁，长相比实际年纪显得苍老，一看就是被岁月雕琢过的有故事的人。他话不多，总是在几杯酒进肚后才变得爱表达：

"来，我们举杯，欢迎我们远道而来的客人，这杯酒下去以后就不是客人了，就是自己家里人了，大家听我口令！"校长要开始这边的特色酒令了。

"滴啰——"校长喊。

"呦——"众和。

"多啦——"校长喊。

"呦——"众和。

"滴啰多啦——"校长喊。

"呦——呦——呦——"众和。

酒令一喊，气氛好不热烈。不知道酒令能不能增加个人的"酒量"，但一定能增加喝下去的"酒量"，所有人都一饮而尽。席上喝的是他们这边的"土酒"，说是米酒，我觉得味道

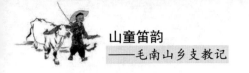

像日本清酒，就是酒味很淡，像冲了水的白酒。校长说，这叫"酒淡如人"，这边的传统就是平平淡淡做人，所以，酒比别的地方的淡。

"我们这边还有毛南本地民歌《祝酒歌》，现在终于有音乐老师了，可以唱给音乐老师，让音乐老师指导一下！"校长说完，大家不约而同地把头转向了春蕾老师，我顺着大家的视线也看向春蕾。

"那我来起头，大家一起唱吧！"春蕾知道大家是让她唱的意思，边讲边掏出手机。《祝酒歌》《迎客歌》《送客歌》是三首传统毛南族歌曲。政府提倡保护文化遗产后，将这几首歌作为各单位必学歌曲，所有老师都学唱，所有学生都学唱，甚至各机关单位也要求学唱。春蕾老师是壮族人，不是毛南族的，所以毛南语的歌词需要看着手机里的注音字才能唱好。桌上的本地老师，其实都会唱一点。

"毛南晓峒咯——考务亮咧——气耐永香勒槟榔咧——"春蕾起唱。

"啊耶——嘿嘿嘿——"众和。

歌曲乐句很有规律，一领众和的形式，非常好听的原生态。只可惜，我完全听不懂歌词。不过即使在听不懂歌词的情况下，音乐也是一样可以传递情绪，表达情感。歌曲、酒，都是极好的情绪煽动剂，面前的这些陌生人们，我还不需要知道他们是谁，是什么样的人，我就已经喜欢上他们了。他们每个人身上都散发着强大的力量，是真诚、淳朴和善良。

"广西人，就是爱喝酒。喝酒，越喝越糊涂，就越来越穷。广东人爱喝茶，越喝越清醒，就越来越富有。"瑞国校长自嘲地说，说完大家都笑了。

"我看也没很穷啊，学校那么漂亮。"我说。

"你知道这学校是怎么建起来的吗？"校长两杯酒下肚，要开始讲故事了，"学校现在有财政拨款，有你们广东帮扶，可以建得漂亮。我十六年前就在这里当校长，那个时候的学校，就没那么容易了。学校一砖一瓦，都是喝酒喝出来的……"

"喝酒？怎么喝？"我很好奇。

"这几个年轻人不知道，"校长指着对面几个年轻老师，"这些老的都知道。"他又回头指了指这边年长的老师。"学校那时候没有厕所，又没有钱。怎么办呢？我就带着主任、老师去找水泥厂，让他们赞助我们一点水泥，"校长每个字很认真地发音，这应该是一段非常深刻的记忆，"我跟他们说，学生在外面上厕所，那两块木板摇摇晃晃，学生不小心就要掉到茅坑里的。水泥厂那个时候福利好，我跟他们说，赞助我们一点水泥，来给学校建个厕所。结果水泥厂的厂长拿出杯子，"校长拿起面前那个能装二两酒的酒杯看了看，又放下，"比这个还大。他往我前面一放，说'一杯酒，给一吨水泥'！"校长打了个嗝，又继续说，"我那天一口气喝了二十四杯"！这个数字手指不好比画，他手上做的是"ok"的手势。

"啊？"我很震惊，"那后来呢？"

"后来，我倒下了，主任继续喝，主任倒下去，老师继续喝，一个韦瑞国倒下去，千千万万个韦瑞国站起来！"校长说完哈哈大笑起来，大家也都跟着笑了。

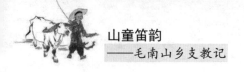

"最后水泥厂投降了,厕所建好了,还剩下水泥,铺了学校里面的路。"校长很得意地说。

"那个时候,学校要点什么,都是喝酒。那些主任、老师,很多都是一起去,一起喝,学校才越来越大,越来越好。"校长表示,学校越来越好绝不是靠他一个人,而是靠大家。

"有喝了酒但钱没要回来的时候吗?"我问。

"有啊,也有遇到胃都喝穿了,才要回来五千块钱的,哈哈……"校长这回好像是苦笑。

有那么几秒,大家貌似一同陷入了沉思……都没作声。都川小学,一所喝酒喝出来的学校,瑞国校长是在用自己的精气,灌溉着一所农村学校的成长。宁静的气氛中,我观察到一滴汗珠从瑞国校长额头上滑到他那深深的抬头纹中,仿佛正对在场的所有人说,校长的话,这便是印证。喝酒喝不来一张奖状,喝酒喝不出更高一级的职称,但你不可否认,他们,才是在用生命做教育的,最值得我们尊敬的教育者。

晚餐结束,校长把我们送到宿舍楼下。怀揣着对韦校长的崇敬,我正式成为了都川小学的一员。

3.第一天

今天是在都川小学上班的第一天，我提前设好了六点半起床的闹钟，却在六点钟左右就被楼下的鸡鸭叫醒。向窗外望去，摇曳的竹子和潺潺流水让人心情舒畅。吸一口清新的空气，问一声"早安，我的天堂"！

从宿舍步行到学校大概需要十五分钟，途中会经过大片大片的桑叶种植地，我后来得知养蚕是这边农民的脱贫项目。政府曾在很多年前派人来给各村村民普及养蚕知识，并提供技术支持，使大家可以靠养蚕有些收入。工厂会在成茧的季节里，向村民回收蚕茧，将收去的蚕茧加工成各种蚕丝制品出售。除了桑林，还会经过一个幼儿园和一个桉树加工厂。幼儿园大门用的是竖条铁栏杆，透过栏杆可以清楚地看到园里面的孩子，有时他们还会双手扶着栏杆往外望。这种画面，禁不起联想。桉树加工厂时刻可以看到一块块长方形，经过切割处理过的桉树片被夹住晾干定型。校长说过，桉树是这边主要的经济来源之一。不远的山上，都种满了细细高高的桉树，据说这种树是从澳大利亚引进的，生长速度快，三年即可长成大树，伐下用于加工，属于经济作物。但这种植被有缺点，它的吸水力极强，会导致周边植被无法生长存活，对土地破坏严重。这种桉树伐下来之后会被削成等大的薄板自然风干，风干后再制作成用于建筑的三合板板材。过了桉树加工厂，就可以看到学校威武的

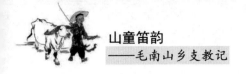

大门了。

踏进校门那一刻，开阔的视野让人豁然开朗，学生井然有序地在打扫校园卫生，遇见你的时候，都会叫"老师好"。不同的是，很多孩子身上都会有"青涩"的味道，跟人打完招呼会低头害羞地跑掉。美丽的校园常让你忘记自己所在的学校是一所村小，只是学生脸上、衣服上、光着的脚丫子上的泥土，时刻提醒着你这片土地的贫瘠。

往校园里走，左边上几级台阶，可以到学校饭堂。饭堂是独立的一栋两层高的楼，楼下一层供学生用餐，楼上一层供老师用餐。食堂外面左侧，一些学生正在洗碗池清洗自己用完的碗筷，食堂内一部分学生正在座位上吃早餐，另一部分正在排队打早餐。没有老师监督，一切都秩序井然。学校一共有九百多名学生，其中三百多名是内宿生，这些内宿生大多为父母外出打工的留守儿童。环境使他们在本应去依赖的年纪变得异常坚强和独立，有些甚至在家里还要充当大人的角色，照顾年迈的奶奶，自己洗衣做饭，照顾弟弟妹妹都是常有的事。

左侧楼梯上二楼，就是教师食堂。食堂很宽敞，放了八张短脚圆桌，大概只有正常餐桌一半的高度，据说是因为广西冬天冷，又没有暖气，桌子下面放上火炉，一家人围着一边吃饭一边取暖，矮桌子更方便。食堂圆桌中间是嵌入式电磁炉，可以猜想火锅应该是这边很重要的饮食方式，这一推测在中午就得到了证实。一排木质小板凳靠墙摆放得很整齐，用时自己取来坐下，走时搬回去靠墙放好。这边的早餐基本都是汤河粉，放粉的桌子上会放提前烧好的一锅开水，放在电磁炉上加热保温，每个老师取适量的河粉，在里面用漏勺稍微烫几秒钟，放到自己碗里。浇上做好的西红柿卤汁，放上点葱花或辣椒，就是极美味的早餐了。吃完自己收凳子，自己洗碗筷。后来我才得知，一个学校五十位老师，只有一个阿姨负责准备全校老师的早午餐。所以，除了自己收凳子和洗碗筷外，如遇学校有活动，中午需要为更多人提供午餐时，还会广播通知没课的老师到厨房帮厨。这里的老师都很热情，我几乎被每个面对面碰到的老师都问了一遍吃得习不习惯。广西食物的口味跟广东并没有太大差别，加上我是一个生存能力极强的人，从第一天起，我就没有感到任何的不适应。

　　吃完早餐，因为不知道自己的办公室在哪，我就在教师办公楼里上下闲逛，在二楼碰到瑞国校长，校长把我带到教导处，说："这里还有位置，赵老师，你就在这里办公。姿娇主任，昨天见了，这是重棉老师。"姿娇主任和重棉老师很热情地跟我打了招呼，校长又交代了几句就走开了。办公室很简约，四个拼起的座位有挡板隔开，上面一个绿色的老式吊扇。靠墙有一台复印打印一体机，连着一台独立的电脑。墙壁上用于装饰的，是"没有爱就没有教育，没有兴趣就没有教育"的标语。我在里面靠窗的位置坐下，斜角对着一个两米高的白色金属档案柜。"韦瑞国、韦姿娇、韦重棉、韦春蕾……"我刚坐下就被办公桌左边贴的一张通讯录给吸引住，这么多姓韦的。后来我才知道，广西是韦姓第一大省，而在河池尤其集中。在都川遇到不认识的老师，叫"韦老师"出错概率极低。也正是因为重姓太多，他们通常也不用姓称呼人。所以在这里都会叫瑞国校长、姿娇主任、重棉老师。当然，当我想不起来一个老师叫什么名字的时候，叫韦老师是条极好的退路。我的办公桌上，

是有电脑的，电脑并不是每个老师的标配。在都川小学的各年级办公室里是没有配电脑的，只有行政办公室才有。所有电脑也都不太私有化，每个有需要的人都可以来使用，比如在大家都要申报职称的时候，你会发现大家都在排队用电脑填报各种表格和做资料，此时的行政办公室，会有门庭若市的感觉。

刚开学，课表没有排出来。我去上的第一节课，是帮重棉老师上的，我忘了她需要顶课的理由，就记得她告诉我说去看着学生就行，刚开学不用上课也可以。上课是多么有乐趣的一件事情，我自然是要上课的。我把准备好的竖笛和便携式蓝牙音箱带着，就去教室了。我的蓝牙音箱是出发前特地买的，只有巴掌大小，还能防水、防尘、防摔。深圳的教学条件优越，设备齐全，即便空着手进教室也能上好每节课。然而出发前，我一直在问自己"假如没有……怎么办"，然后再用这个问题的答案喂饱我的行囊。事实上，教室里多媒体设备已经配齐了，电脑也是都有的。

这节课是在二年级一班上的。当我站在教室门口那一刹那，学生们无一例外地将目光投向我，他们有的边走回自己的座位，边目不转睛；有的边目不转睛，边挺直了腰板；有个别学生还发出了"咦"的声音。我站在门口打量他们，脸上挂着我第一次当老师，准备步入教室时的探索式微笑，等全部学生坐好并安静下来后，我便昂首阔步走进了教室。

"同学们好，我是来自深圳的赵老师。"我向他们做了自我介绍，我以为他们会接着说"赵老师好"，可他们没有，只是静静地看着我，没一个同学作声。是没听懂？还是因为不熟悉，不敢作声？假如是在深圳的课堂，学生早已经给反馈了，可是他们居然没有任何反应，我只能尴尬地继续说下去：

"以后将会由我来跟大家一起学习音乐这门课。今天是我第一天见到大家，所以，我很想认识大家，接下来，跟我一起玩个节奏游戏好吗？"

虽然提出的问题也没有得到回答，我依然自言自语地讲解起游戏规则，下面便是我跟学生们做的节奏游戏介绍：

师说：我是赵老师，你是谁？

学生答：我是×××，你好吗？

全班学生：×××，你好，×××，你好！

我用了两分钟讲清楚了规则，又用了大概五分钟让学生完全明白玩法。在教室里，这五分钟，便是深圳与广西的差距。后来，游戏进行了大概二十分钟时间，把全班几乎轮了一遍。这个环节，除了想知道孩子们的姓名外，我还顺便了解了他们的节奏感和每个人的性格特点。游戏后，我给他们介绍了竖笛，通过"听我吹，猜歌名"的游戏来了解他们对旋律的感知度和歌曲的储量。一节课很快就过去了。第一次由专职音乐老师上的音乐课使孩子们脸上挂满了笑容，下课时，他们三五成群簇拥到我面前，像是特地让我多看一眼他们的笑脸，好深刻地记住他们。一种强烈的满足感油然而生，同时我也对这边孩子的学习情况，形成了最基本的判断。

第一，他们从来没有过节奏训练，缺乏节奏感。歌曲储量少，学过的歌不多。没有音乐老师嘛，这个难怪。第二，极少参与教学游戏，相信其他科目也都一样。对于游戏这种授课方式，所有孩子都表现得非常惊奇和异常地专注，即使没轮到的

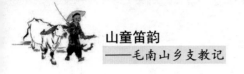

孩子，也会保持安静，认真地观察整个游戏过程。课程结束后，甚至有学生跟我说："老师，这个比上课好玩多了！"我告诉他："孩子，这就是在上课啊！"第三，大多数孩子缺乏自信，不敢表现，怕出错。如果说城里能看到大胆表现和羞涩的两类孩子，那这里见到的孩子只有羞涩和完全不吭声两种类型。班里的一位男生就在轮到他时低着头，完全没有吭声，甚至没有抬头看我一眼。我很好奇他是怎样一个孩子，他到底经历过什么，没想到后来，我真的有机会去了解了。

4.扶贫

　　扶贫工作是每个老师除教学工作外的首要工作任务。不，不对，我在都川所见到的，扶贫工作已经成为教师的首要工作任务了，其重要程度已经超过了教学工作本身。扶贫是国策，脱贫摘帽是硬任务。每个老师都有对口脱贫帮扶的几个对象，每周六都必须到各个贫困户家拜访，登记各种表格，记录脱贫情况，了解实际需求等。每次登记的信息不能出丝毫纰漏，其验收检查的严谨度，应该远超这边在教学上所要求的严谨。这里的每个老师有三到五个帮扶对象，一个对象聊上两小时，一天也就没有了，还要开各种扶贫会议。所以校长之前说，他们已经一年没有双休过了。出于对脱贫工作的好奇，我主动要求随李书记一起前往贫困户家，想亲眼看一看贫困户的情况。

　　书记跟我说，这是一家比较贫困的贫困户。同样被定义为贫困户的，但各家的情况有所不同，有的真贫困，有的实际上并不贫困。我们到访的这家，就属于前者。

　　大约十分钟车程，我们就到了贫困户家。独栋三层高的房子，红砖外墙，这种结构在我看来就是别墅，但在这边，政府帮贫困户盖的都是这样的房子。迎接我们的是一位满头白发的老奶奶。进门发现，房间里面一样是裸露的红砖，正对门的客厅墙上贴着宗族家谱。广西好像对家谱特别在意，去过的每个家庭，无论经济条件如何，进门正对着的一定是框起来的红底

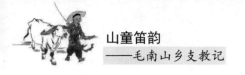

家谱，里面有家族中每位已逝成员的名字。往下看是一张半朽木桌。客厅左侧堆叠着些木头，我猜想应该是做柴火用的。客厅右边靠墙放着破旧不堪的矮柜子，上面有一个菜板，菜板上大概是晚餐准备吃的猪肉和一把菜刀，目测，那块猪肉就只有两根手指大小。一张矮脚桌，中间是一个电磁炉。旁边几把竹椅，椅子上三个孩子正在写作业。见我们进门，他们抬起头，笑着跟我们打招呼。仔细一看，这三个孩子，我教过！他们都是二年级一班的学生，其中两个女孩儿是双胞胎，在做自我介绍游戏的时候因为她们长得太像，我印象特别深刻，一个叫韦佳佳，一个叫韦佳贵。她俩都留着细软的颜色偏黄的短发，圆圆的脸蛋颜色棕黑，分不清到底是皮肤的本色还是没把脸洗干净，眼睛虽不大，但笑起来有两个小酒窝，显得尤其可爱。另一个个子高一点的男生也是他们班的，正是那个在游戏中低头不愿吭声，也不愿意看我一眼的男生，他叫韦东辉。东辉表情不多，有一双圆圆的大眼睛，长睫毛，留着西瓜太郎式的锅盖头，他的脸瘦长，颜色跟两个妹妹一样，只是没有酒窝，并且眼神里有着超出同龄人的成熟感。

老奶奶此时已经九十六岁高龄了，她佝偻着背，个子瘦小，两腮和眼眶明显向内凹陷，头发往后盘起，挽起一个髻，并用一根细发箍拦起额前的碎发。她的牙齿，白且完整。一身轻薄材质的深蓝色小碎花衣服，遮住了她布满老人斑的皮，凸显出肩关节的骨。她用穿着一双黑色土布鞋的干瘪的脚，支撑着一双无力伸直的腿。她的儿子在广东打工，长年见不着人，赡养父母和抚养子女的义务都没有承担。她的儿子曾经跟三个女人生了四个孩子，最大的已经到了可以打工的年纪，离家后再没回来过，现生死不明。东辉是跟第二个女人生的儿子，孩子今年十岁。佳佳和佳贵是跟第三个女人生的双胞胎女儿，今年八岁。四个孩子都由奶奶抚养大，每个妈妈都是生完孩子后就不负责任地离开了，而这个爸爸更是不负责任地把孩子直接丢给奶奶。奶奶已经没有劳动能力，现在抚养三个孩子靠的都是政府低保和贫困户补助。因为父母都不在，哥哥在应该入学的年纪没有人管，一直没有入学，直至贫困户人口普查时，在村干部的帮助下，才把哥哥和妹妹一起送到了学校，这就是为什么哥哥比妹妹大两岁，但现在还在同一个年级，同一个班的原因。每次有人到家里来，奶奶都要哭诉他那不争气的儿子，同时再感谢一下政府的关怀。虽听不懂奶奶和书记的对话，但她那时而湿红的眼眶，时而高亢的语调，足以让我们感受到她生活上的艰难。眼前的一切跟教室里的那一幕联系起来，对面前这个小男生，我顿时心生怜悯。

家庭的缺失，爱的缺失，终将造成孩子的性格缺失，这才是贫困延续的根本原因，而不是因为物资匮乏。

扶贫，是这边最常讨论的话题。老师们平时用的打招呼方式，不是互问"吃了吗"，而是说"扶贫回来啦"。可是扶贫，该怎么扶？把钱直接给到贫困户手里吗？有这样一个案例，一个贫困户，响应政府号召开始养蚕，每个月有了一定的经济收入。有收入之后就要上报收入情况，上报后政府决定给他脱贫，同时他失去了领取贫困户每月补贴的资格。一年下来，户主发现养蚕拿到的收入比贫困补助也多不了多少钱，还很辛苦，于是决定放弃养蚕，在家躺着什么都不干，重新申请贫困救济。另一个案例发生在都川小学的学生身上，五年级的一篇作文题

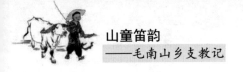

目叫《我的理想》，一个学生在作文第一句写下："我的理想，就是当一个贫困户！"后面继续论述了当贫困户的种种好处，听起来好像还句句在理。

欲扶贫，先扶志。老师应该算是扶贫路上的扶志者，要让孩子们感受到满满的爱，帮孩子们建立起正确的价值取向，也许比教授多少知识，给多少钱，更能解决根本问题。

5.教师节活动

今天是九月十日，我们的节日。在深圳，作为音乐老师的我，是不太喜欢教师节的。这不，瞧深圳的学校群，再看音乐老师们的朋友圈，大家都为教师节忙得不可开交，到处"有图有真相"。在深圳这个创意城市里，领导们每年都能想出不同的方式帮老师们庆祝教师节。我自己就参加过区里的教师节朗诵大赛，编排过教师节舞蹈，参加过教师节合唱，还排演过教师节课本剧，甚至还拍过教师节微电影。对于怎么过教师节，从来都是"只有我想不到，没有我做不到"。

都川不一样，这里的教师节，主题只有一个——娱乐。是领导们做服务工作，让老师尽情地娱乐。在贲校长带领下，我们很认真地过了这个教师节。在这一天，全镇老师都集中到了都川小学，学生则放假一天。

早上，没有学生的校园只剩下伴着晨光的鸟叫和老师们轻松的谈笑声。电教室门口，穿着白色 T 恤的老师们三五成群，正如抬头望去，蓝天里一朵朵轻盈的白云。走进电教室，我也领到了这份教师节礼物——一件白色的定制版教师节纪念 T 恤。T 恤左胸前印着川山中心校的绿色校徽，校名在校徽周围环绕着。旁边还有一个数字"35"，表明这是在庆祝第三十五个教师节。

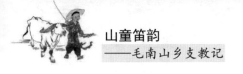

山童笛韵
——毛南山乡支教记

　　川山镇的第三十五个教师节，也是我的第十六个教师节。第一天走上讲台的情形还历历在目，怎能不令人唏嘘岁月如梭。我工作的第一所学校是深圳市盐田区乐群小学。我能清晰地回忆起自己第一天拿着音乐课本站在一年级二班教室门口时，心里像极了有只小鹿乱跳；也绝对忘不了二十分钟后，学生们渐渐无法集中注意力时我的手足无措和焦头烂额。提高音量、敲黑板、拍桌子是我那时的全部课堂管理手段。我也曾在那段懵懂时期里，无数次问杯子里似有仙气的胖大海，自己到底适不适合当老师。然而，我是极其幸运的，在我工作不到一个月的时间里，我便有机会听了一节盐田区音乐名师詹静儿的音乐公开课《小列兵》。詹老师用小红花和口令律动作为孩子们的课堂管理手段，但凡学生有开小差的情况，节奏铃鼓一拍，学生立刻精神集中起来。曾经在我手里的"魔鬼"们，在她手上却成了可爱的天使。我如获至宝，立刻在我的课堂里实践起来。我听到的第二节音乐公开课，是深圳市音乐名师张娟老师的课，不是现场课，而是在教研会议里，教研员给老师们播放的教学录像《音乐小屋》。虽然只是录像课，但是整节课，我深深被张娟老师自然、真实的教态所吸引，所有的活动，所有学生的现场反应，没有半点掺假和做作，亲切简练的语言引导，有趣的环节设计，平等的师生关系让人着迷，我不禁暗自感叹，原来，音乐课是这么上的！我当时便立志，要成为像张娟老师那样的音乐老师，张娟老师就是我的榜样。命运总是眷顾我的，张娟老师后来真的成了我的师父，在我的教育成长路上，她便是指引我成长方向的那盏明灯。教育无他，唯爱和榜样。十六年过去了，如今的我被摆在了川山镇老师们榜样的位置，我是否有能力像张娟老师一样，促成一批老师的成长呢？

"喂，喂——"贲校长拿起麦克风试音，操场上一个临时搬出来的大音箱突然一声啸音，让大家都捂住了耳朵。这个音箱有一米多高，外面包裹的网格布面已破损，看起来很有历史感。

"喂，喂——"音量恢复到正常，可能是音响本身质量的问题，传出的声音很浑浊，明显高频缺失。

"啊，早上好老师们，请老师们换好统一服装，然后到电教室里面集合，我们在活动前有一个统一的活动仪式！"贲校长的通知让我想起白T恤还在我手里，我赶紧跑到二楼办公室，躲到门后，窗帘都懒得拉，十秒钟换一件上衣对音乐生来说，只是合格标准。我下楼后跟刚才换好衣服的老师们同步跨进了电教室。

全镇的教师一共二百来人，挤在只能容纳一百五十人的电教室里，过道摆满了红色塑料凳，耗时十分钟，大家勉强就座。活动主持人是春蕾老师，她化了妆，神采奕奕的样子。

"尊敬的各位领导，老师们……"活动在春蕾的主持语中开始，没想到贲校长给我们支教老师排足了戏份，首先是给支教老师献花，并且正式把我们介绍给川山镇的全体老师；再由我来指挥和带领大家演唱最近已使耳朵起茧的歌《我和我的祖国》。这个"指挥"和"带领"被同时要求，我也只能勉为其难用一只手加身体来指挥，腾出另一只手来拿麦克风和歌词。老师们的演唱没有经过排练，效果虽不理想，但足以表达爱国之情。没有压力的爱，才能是真爱呀，音虽不在调上，字字发

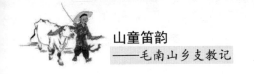

自肺腑，老师们脸上不加修饰的笑容便是铁证。歌曲演唱完毕后，贲校长发言，对大家后期的工作寄予厚望，电教室内的环节便全部结束了，老师们的娱乐时光正式开启。

"请各裁判员就位啦！"广播里传出瑞国校长的声音。

走出电教室，几个划分好的活动区域已布置完毕。篮球场上，一个红绳绑着的铜锣垂吊于篮板下。几个老师以球场中线为界排起了队，队伍便开始逐渐加长。裁判员韦庆权主任的脖子上挂着哨子，正在扶正铜锣让它停止转动。队伍这头，兰蓝老师正帮排头的韦桂丹老师用红领巾蒙上眼睛。一切准备就绪后，哨声响起，桂丹老师拿着锣锤蒙着眼睛往前走，队伍这头时不时有人喊："偏了偏了，往右一点……左左……右……"被蒙着眼睛的老师自然走不快，便突显出排着队的老师之急。

"停！停停——哈哈哈哈……"这声"停"喊得急切且大声，回头望去，桂丹老师在铜锣下面走过了头，把脑袋撞到了锣上，她自己也弯着腰哈哈大笑，一边退回，用手抓摸着被撞得乱晃的铜锣，一边用另一只手上的锣锤重重地敲响了铜锣，排队的老师们全都笑得前仰后合。游戏过程中，时不时还有隔壁托运乒乓球游戏方队的笑声传来。桂丹老师取下红领巾眼罩，接了庆权主任递给她的奖品——一条绿箭口香糖。她拿到糖，伸出两根手指，朝排着队的老师们比了个胜利的手势，十足一个乐坏了的小朋友。

托运乒乓球，需要用乒乓球拍托着乒乓球从篮球场一边走到另一边，看起来简单，实际失误率很高，失败的老师总能引得大家哈哈大笑，成功的老师则赢得阵阵欢呼声和掌声。这些参与的老师有些头发花白，行走时小心谨慎；有些年轻气盛，血气方刚，一开始便大步奔跑。成功或失败在这个过程中变得无足轻重，教师节的快乐和喜悦，才是最大的收获。

学校往大门方向，通道旁的一排大树，中间都被拉起了红绳，A4纸打印的谜语高高低低挂了好几排。猜到了谜底，要把谜面揭下，拿去兑奖，围观的老师们都是学富五车的，开始才几分钟，便留下了许多"豁牙"，这些"豁牙"都变成了老师们手中的奥利奥饼干、棒棒糖，或者是绿箭口香糖，成了老师们的快乐之源。

至于我，游戏我只看了一会儿，便被拉到另一个大家认为属于我的游戏专场——都川K歌房。我怎么也想不到，学校是自带K歌房的，而且地点就在我的音乐教室隔壁的舞蹈室里面。学校舞蹈室宽敞明亮，木地板，左右靠窗两排不同高度的把杆，前后整墙的镜面，可以说是绝对标准的舞蹈教室。前后两个小房间，一个是音控室，一个是服装管理室，这配备比我在深圳学校的舞蹈室条件都要好。而今天，我又知道了舞蹈室的另一个功能——K歌。前面镜子上方，白色电子幕布通过遥控放下，在音控室打开点歌台，舞蹈室立即变成简易K歌房。我不禁感叹，都川小学，总是让我惊喜不断……我踏进K歌房的时候，已经有三五个老师在里面演唱着歌曲了。从歌曲的年代来看，唱歌的应该是60年代生的老教师，然而进了房间才发现，其实是俩"90后"的小伙子。是啊，又差点忘了两地的"时光差距"了。小伙子见专业选手入场，很谦让地给我递麦克风："来啊，赵老师，一起唱！"

"这个歌，年代太久远，不会啊……"我真觉得为难。

"没事儿，玩一下，专业的随便唱都厉害！"

"这个……听都没听过呢……"

"来嘛，我们都想听你唱！"

"哦……"咳，推啥呀，我就是专业的！豁出去了，我接过麦克风就是一顿随便"遛调"，不在音上，也离不了调，看着歌词，听着伴奏，稀里糊涂一顿唱，只是我这一开口，把旁边俩"90后"唱得找不着音了，估计他们自己都怀疑起自己唱的到底是个啥歌。一首歌结束了，在场的"90后"伴着大笑差点拍烂了手掌，其中一个接着问："赵老师，你要唱什么歌？我帮你点……"咳，这孩子，终于上道了！这就对了嘛！

球场上的游戏进行着，乒乓球台那边的比赛进行着，K歌房里人也越来越多，贲校长、瑞国校长、李书记、庆权主任、练超主任……所有行政领导都在干着裁判工作、后勤工作，以保证老师们能够尽情地玩儿。而老师们在今天，已完全成了校园里"孩子"的角色，老师们在自己的节日里，有权利丢掉家庭生活的琐碎，忘却工作事业的压力，我们尽情地笑，尽情地闹，世界变得异常纯净，连时光在心灵上落下的尘土，也被拂得干干净净……

我太喜欢这样的教师节了！我为自己是一名人民教师而感到幸运。

6.教育的净土

由于开学第一周工作都还没能进入正轨，学校是在第二周才举行了第一次升旗仪式。音乐声响起时，升旗台上四个升旗手各扯着国旗一角，已经在旗台下站好等待了，后面还跟着六个护旗手。各个班的老师和孩子们随着音乐声，排着队，有序地下楼站队。由于不是统一的服装，显不出整齐。音乐声结束之后又过了一会儿，所有班级列队完毕。此时，主持人宣布升旗仪式开始：

"出旗！"

主持人不像是专业的，口令喊得略显拖沓。出旗时没有音乐，没有口令，十个孩子靠着默契走向升旗台，自然是不整齐的。走到旗台下以后，其中两个同学将手中的国旗一角交给对面旗手，然后退后一步站好。这一步退，有欲跌倒之势。另两个升旗手一个将国旗挂在旗杆升旗绳的上下两个挂钩上，一个拉着升旗绳，做好升旗准备。

主持人发出"升国旗，奏国歌"的口令，她断句的方式再次证明她是业余的。口令出来以后，大概过了二十秒，音乐才响起。

"少先队员行队礼！"

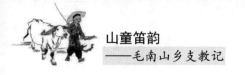

这一句不像在喊口令，更像是在说话。下面的同学举起手，有的过头，有的没过头。国旗缓缓升起，音乐停下来时，国旗离旗杆顶还有大概八十厘米。所有同学安静地等待国旗到顶。

"礼毕，请三年级二班代表进行国旗下讲话。"主持人一字一字地没有断句。之前的护旗手中的一员接过话筒，开始国旗下讲话，说话和主持人一样，一字一字蹦出来，完全没有断句。相较于深圳的升旗仪式，这边的升旗，相当笨拙，而且纰漏很多，比如经常会在主持人说完"升旗仪式现在开始"之后，音乐半天都没放出来；又或者挂国旗的时候挂不好，旁边的老师健步上前帮忙；国旗下讲话也显得非常稚嫩，不像大城市看起来那么完美。升旗手、主持人、发言人都是采用轮班制的，每一周会轮到一个班级选派学生。可以想象，升旗手、主持人不固定，国旗下讲话让学生完成，自然会让升旗仪式显得不那么完美。但是，我却真心喜欢这样的升旗仪式。试问"完美"真的很重要吗？他们只是孩子，不完美才是真实的。从小教育孩子学会做一个真实的人，不是比"演"得完美更重要吗？用瑞国校长的话说："那些话讲得不太好的孩子，我就让他上去讲。一次讲不好，下次讲更好就得了。固定升旗手，其他孩子都不用爱国了吗？为什么不把升国旗的自豪感分给更多孩子呢？每个孩子都自豪，每个孩子都爱国，这是我们要做的，我们又不是做给别人看！"

校长的话让我想起在水围小学曾经发生过的一件事，也正是因为件事，颠覆了我曾经的教育观。

那是某年的黑色十二月。说"黑色"，是因为每年十二月份，我们都要准备学校艺术节。通常每个音乐老师除了自己带的校队需要出一个节目以外，还要负责所任教年级的节目。因为节目较多，还需要错开排练时间，所以加班加点地训练是常事。早读、放学，甚至中午午休的时间，只要有间隙，班主任能放人，又有场地的，我们绝不会放过。除了排练以外，演员的服装道具、化妆彩排、音乐、串词等，事事要操心。学校的外教老师 Nuby 是我的好朋友，有一天她跟我说："CoCo，我能不能也给学生排一个节目，让孩子们上这个舞台呢？"我停了半晌之后，很认真地问了一句："你是认真的吗？"停了半晌的原因是：第一，我们的外教 Nuby 一句中文也不会说；第二，所有音乐老师都知道，排节目是一份苦差事，谁没事会主动要求去排一个上舞台的节目呢？音乐老师们的最大愿望估计是取消艺术节。所以，我觉得，Nuby 肯定是说着玩的。但 Nuby 并没有犹豫，她很肯定地回答我："当然！我是认真的。""OK，如果你愿意的话当然可以，但是我自己也很忙，可能没办法帮你哦，所有的事情你都需要自己搞定，你确定没问题吗？"Nuby 表示没问题。随后我跟她交代了可以使用的排练教室和使用时间，她就真的开始干起来了。

在这期间我又跟 Nuby 沟通过节目的排练是否已开始，人员是否选好等，但始终也没去排练现场看过 Nuby 的排练，直至彩排前一天，我走进 Nuby 排练的教室，看到的情景，是这样的：

教室里的 Nuby 正大汗淋漓（当天的气温其实只有 14 摄氏度左右）、竭尽全力地示范着动作，卖力地唱着英文歌。她面前站着大概 30 个孩子，模仿 Nuby 做着同样的动作，脸上不太有表情，在我看来，显得有点木讷，嘴巴里的歌词还唱不清楚。

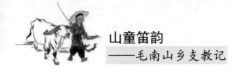
　　我问Nuby："我可以帮你翻译一下你想说的话，你想跟孩子说什么？"Nuby抓着我的手急切地跟我说："请帮我告诉孩子们，他们之所以被选出来，因为他们都是最优秀的，他们是最棒的，可以做得很好！"我帮Nuby翻译了她急切想要表达的。这节课里，我陪着Nuby排练，然而她让我帮她翻译得最多的话，便是这句："告诉他们，他们是最棒的，大胆地表现就好！"

　　排练结束后，Nuby给了我一个大大的拥抱表示感谢。她说："Miss CoCo，今天实在是太感谢你了，今天的效果，是这么长时间以来我最满意的，你发现了吗，他们更自信了。"Nuby说得挺得意，但在我看来，节目还是非常稚嫩的，我开始有了淡淡的担忧，毕竟我需要对节目的质量负责。大家可以想象，一个不懂中文的外教老师艰难地跟好几个班的班主任沟通，之后拉了一个"草台班子"，语言不通地训练了几次，效果肯定不会好到哪去。我敷衍了一句："是的，我也觉得。"我心里其实琢磨的是，该早点过来看看的，或许压根不该答应让Nuby排一个节目这件事情。我正想着，Nuby转头突然问我："你知道这些孩子我是怎么挑选的吗？"我问："怎么挑的？你不是说，他们都是班里最好的，被选出来的吗？"她摇摇头说："不，其实不是。我知道他们不够好，但这正是我选择他们的原因。"她继续补充道，"我去他们班上的时候，他们的班主任告诉我了，哪些孩子是表现力好的孩子，她让我挑选他们。我说不，你说的那些孩子已经足够自信了，他们不需要这个舞台，我会选择那些更需要这个舞台的孩子，于是，我挑选了他们。"

Nuby 话音刚落，我立马回想起刚刚孩子们有点木讷的表情，顿时茅塞顿开。所以 Nuby 愿意付出更多的劳动去给孩子们创造一个上台的机会，因为她知道，这些孩子需要；所以 Nuby 如此用力地去演绎，希望感染到孩子们，让他们可以更积极地表现；所以 Nuby 不停地重复"你们被选出来，因为你们都是最棒的，放心表现就好"。只因为这些孩子们缺乏自信。想到这些，我顿时羞愧不已。在我面前的，是一位真正的教育者，拥有着对学生大爱的教育情怀，正是这种情怀，让一个不懂中文的外教老师能够克服沟通上的重重困难，不计付出，主动提出给孩子们排一个节目。假如，你是这些被选出来的孩子中某个孩子的家长的话，你会多感激在孩子的生命中有这样的一位老师的出现呢？

"我知道他们不够优秀，但这正是我挑选他们的原因。"这里的每一个字都铿锵有力地在我脑海里回荡，时刻提醒我，作为一个教育者应有的思考角度。如今都川小学的升旗仪式，同样让我看到了瑞国校长的"教育者视角"。

反思我们自己，选择最优秀的，是不知道沿袭了多少年的教育传统。我们习惯于将取得最好的"结果"作为衡量教育成功与失败的唯一标准，在这个过程中，老师们都非常努力，殊不知，这种努力的方向有可能跟真正的教育背道而驰。我们常高喊以学生为主体，却很少站在学生的角度考虑他们的需求；学校的舞台本是造就学生，成全学生的地方，我们却一味地利用它来成就自己。

功利的领导者，将"教育"做成"作秀"；真正的教育者，将"作秀"做成"教育"。我们名义上是来帮助这个地区的教

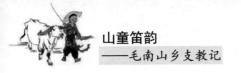

育发展，但在我眼里，这里也有太多地方值得大城市学习。如：稚嫩的国旗下讲话，还原了教育的本真；轮班制的升旗手保证了教育的公平；由于没有电脑，每个老师的字都写得非常好。手写的邀请函，手写的少先队入队誓词，到处可闻的毛南族传统歌曲，传统文化在这里被很好地保留；由于没有电子产品，全校几乎没有孩子戴眼镜；孩子们每天的娱乐活动就是排队打乒乓球，到图书馆排队看书，到操场愉快地玩耍；孩子们和老师们同样有着对知识的渴望，勤奋好学……一切的一切让我感受到，去掉城市的浮华，这里才是教育的净土。

我，已爱上这片土地。

第三章　授之以渔

"我想要在这片土地，种下音乐的种子"

1.排课

开学这段时间，我的音乐课是这么上的：因为没课表，哪个班需要老师顶课，就喊我一声，不管是哪个班，我都义不容辞地跑过去。姿娇主任告诉我他们有音乐课本，但是问学生，学生都说他们没有。我一直没能知道他们到底用的是哪个版本的音乐教材，也不知道姿娇主任说的课本在哪儿。所以这段时间我的课程内容，设计得非常自由，可以完全根据孩子的状况和反应来设计。后来我甚至更喜欢摆脱课本束缚的音乐课堂，因为我可以更容易做到"以学生为主体"。我到了五年级，了解到学生最喜欢听的歌叫作《芒种》，这是一首流行歌，我便用手机连起蓝牙音箱，播放起这首歌，几乎每个孩子都会哼唱。我跟孩子们一起听完以后，就着这首歌，让他们找歌曲里面架子鼓的鼓点，感受音乐的节奏。找完后，我又带他们认识伴奏里不同声响所属的各种乐器。他们第一次知道，听音乐，除了听演唱者的歌声以外，还可以聆听这么多其他的元素。到了六年级，我给他们讲《图兰朵》的故事，进而让他们了解到歌剧的形式，再学习其所采用的元素歌曲——江苏民歌《茉莉花》。在四年级，我给他们讲《卖报歌》里小毛头的故事，进而带他们认识了聂耳，知道了曾经的《义勇军进行曲》就是现在的中华人民共和国国歌。到一、二年级，我带孩子们律动，玩游戏，让他们感知音乐的美，节奏的美，享受音乐的快乐。不知道到底是因为没有教材，我的内容可以为他们"量体裁衣"；还是因为他们没上过音乐课，对所有内容充满好奇；又或者是他们本身就是自控力特别强。这么多节音乐课上下来，我没有因为组织课堂纪律浪费过一点时间。每个孩子在课堂上的专注度都非常高，违反纪律的学生只是极少极少的一两个学生，不影响正常教学。每到下课，学生们的状态都是依依不舍；而我自己的状态，是强烈的满足。一段时间后，我如果出现在了哪个班级的门口，他们知道自己下一节课会上音乐课了，所有学生都会开始欢呼和鼓掌，再就是很快地坐端正，并安静地等待我走进教室。

此时，我获得了一个老师可以在孩子们身上收获的最大的幸福。

"两周过去了，课表为什么还没排出来呢？"我开始着急了。课程太乱，班级太多，时间长了我会很难记住哪些班上过哪些内容，没上过哪些内容，也不好规划后续的课程。排课表是学校教导处，也就是我办公室的姿娇主任的工作，于是我直接问她。

"事情太多，有点忙不过来了。"我确实看她从开学到现在一直忙忙碌碌，好像是在做学籍相关的事情。确实不是因为偷懒，只是她没有把排课当作最紧急的事情处理。"之前钟校长跟我说，你们深圳排课都是用软件排，我们这边没得软件，每次排课起码要排三天，排得眼睛都快瞎了，我现在还没有时间做。要是有软件就好了。"她是一边盯着电脑屏幕一边跟我说的。

软件……我立刻拿出手机，在我的各种闺密群、教师群里发了条消息："贫困山区学校需排课软件，有无学校愿共享？急！"

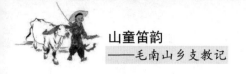

山童笛韵
——毛南山乡支教记

收到些说"软件认机器，无法共享"之类的无用回复，一个非管教研工作的闺密一条回复点醒了我："到万能的某宝找啊，才几十块钱。"

我立刻打开了手机淘宝，输入"排课软件"，果然有！价格从几十元到几千元不等。几千元的，应该是正版软件；几十元的，估计是什么破解版的（需要平台核实软件合法性）。我是支持正版软件的。"贫困山区，特殊情况，请原谅我，就当你们为贫困山区做贡献了……"我一边这么自我安慰着，一边把一个二十块钱的排课软件加入了购物车并付了款。软件自动发送，付款后我立刻收到了下载地址和使用说明。我捣鼓了二十分钟，大概弄清楚了操作方式，回头跟主任说："软件有了！"

"什么软件？"主任没回头。

"排课软件啊，可以用它排课了，我试了，可以用。"我补充道。

主任立马起身跑到我的电脑屏幕前惊讶地问："你哪里搞来的？怎么搞到的？"

"淘宝买的，二十块。"我笑着说。

"啊？二十块？我以为要好多钱，我都一直不敢跟校长申请！"主任很吃惊。

"呃，几千块应该是正版的，这个，将就先用一下吧。"我对购买疑似盗版软件的事情，还是心生愧疚的。

"那下午你教我用，我把课表排出来！"主任说。

"好啊！"当然好，我需要课表，我要帮她解决问题。

52

排课前需要做一些前置的录入工作，需要先输入全校老师的姓名，再设置好学校有的科目，再将老师和科目对应起来。接下来就是课时的节数，还有安排喜好，如主课尽量排在上午，语文需要有两节连堂用于写作文。如果遇到功能室使用的，还要保证课程交错时功能室都可以使用。这绝对是一个浩大的工程。我和姿娇主任从下午两点上班开始，一直排到晚上六点，才算把课表基本上排出来。我之前从未参与过教务的排课工作，这次感受了一回，怪不得主任说之前排课起码用三天。如果让我排，估计一个月也排不出来。通过深入地参与排课工作，我也了解到了这边的另外一个教学特色，就是"包班"。整个排课的过程，基本上按照"包班"原则，比如一年级一班，先安排好一个教语文课的老师，再安排一个教数学课的老师。剩下的课程，基本上就是你一节我一节地全部分掉了。也就是说，语文老师上语文课的同时，还要上信息技术、美术、思想品德，那么，数学老师就要分剩下的音乐、体育、书法和实践活动，整个排课原则是"跨科不跨班"。两个老师基本上把一个班的课包下来，这个就叫作"包班"。这就是为什么老师们都不着急要课表，因为他们自己知道自己上哪个班的课，课表出来之前两个老师把课均分一下，就可以随机自由地上课了。这种两人包一班的"包班"，还是大校才有的待遇。在下面的校点，那就是一个老师包一个班了，甚至，我后面还亲眼见证了一个老师包三个年级的。在贫困地区，"包班"的老师被叫作"全科教师"，而不是"专任教师"。他们在读师范的时候，就已经被当作"全科教师"去培养，学习学校内开设的所有科目，包括语文、数学、英语、体育、美术、音乐等。跟大城市相比，

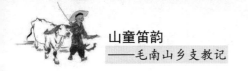

"全科教师"在专业课程上面是没有专业度的,比如音体美学科,他们所学的都是皮毛,自然上不出像样的"专业课"。但我也发现了一个"包班"的好处,就是老师只教一个班,跟学生之间的情感纽带胜于我们在大城市使用的"专任教师"方式,这应该也是学生上课时特别听话的原因之一。我有时候甚至觉得,"专任教师",适合"教书";"包班制",更适合"育人"。只是如果在"包班制"的情况下要提高各专科教学水平,对老师的要求就相当高了。我常想,会不会有那么一天,最高级形式的教学,再次回归到古代"私塾"的模式,由具备全面素质的"全科教师"来实施"师徒"式教学呢?

无论如何,在二十块钱的软件帮助下,我和姿娇主任两个人通过一个下午四个小时的奋战,结束了这个浩大的工程,在开学的第三周,终于可以开始按课表上课了。

2.送课

如果说都川小学是贫困山区教育的代表和缩影的话，可以说，我国的教育已"脱贫"。但都川小学是河池市的示范村小，自然是不能代表贫困山区的教育现状的。我和钟校长都非常有意愿了解除都川小学以外的镇上其他学校的教育情况，在和贲校长商量后，我们开始了各校的送教活动。这学期的送教分两次进行，每次两天跑四所学校，我和钟校长两个人，两次一共送了十六节公开课。

川山镇中心小学是位于川山镇上的一所学校，这所学校不是村小，所以理论上应该各方面优于都川小学。但实际上，都川小学在瑞国校长的带领下，一所村办小学，已经在人员架构、教学质量、学生常规等方面赶超了中心校。中心校是我们送教的第一站，我上的是《顽皮的杜鹃》一课。四年级的孩子，乐理基础完全没有，不能唱谱，也没有音准。一节课解决不了太多实际问题，我只能调整课程，多设置了些活动以掩盖学生演唱上的不足。值得一提的是，第二节，钟校长上数学课，因为不是在功能室上，而是在常规教室上的，教室比较小，容不下太多听课的老师，有很多老师是站在窗户外面的走廊上把课听完的。老师们非常珍惜学习机会，因为机会太难得了。木论小学是我们跑的第二所学校，这所学校是村办小学，它与都川小学和中心校并称为三大校。同样是村小，它与都川小学比反差

55

特别大。学生的行为习惯不好，我和钟校长同样都费了点劲在课堂管理上。特别是钟校长，一开始上课就开始要求，上课不能戴帽子，衣服拉链要拉上，不能嚼口香糖、吃东西，等等。每次送课，听课的都不只是本校老师，其他校点也会派老师过来学习。课程结束后都会有评课的时间供大家交流。如果时间充足，还会有提问环节，让来听课的老师有机会讲讲自己教学中的困惑。而他们的困惑，即使不提，我自己也清楚。对于音乐课来说，一定是"我们不是专业老师，怎么上好音乐课"这个问题，也是我第一天到都川，认真思考过的问题之一。果然不出我所料，两所学校的老师都提了同样的问题。由于思考过，我自然是可以回答的：

"首先，我知道这边的情况，所以我设计的课程给大家做示范，都是大家能上得下来的课。大家没发现我没做课件，也没有用键盘乐器吗？课上的环节，哪个环节是有特别严格的专业要求的吗？如有老师说范唱唱不了，范唱录音也是有的，直接放也是可以的。不是音乐学科的老师，不要自己给自己设立心理屏障，觉得不是专业课老师就教不好。我自己也是学物理出身的，我的音乐学得非常晚，应该说比任何一个学音乐的人都晚，但现在也到处给别的音乐老师讲课。所以我有三个建议给大家，第一就是心理上相信自己可以教；二是明白正确的音乐课该怎么教，方向很重要，理念不能跑偏；三就是不要拒绝学习，并且享受学习音乐的过程。我既然来了，如果大家愿意学，我可以给大家补音乐课。"

很少人知道我是学物理的。小时候，我在小县城长大。我读高中二年级的时候，家附近才开了第一家琴行。那会儿放学，我就特别喜欢偷偷跑到琴行里面玩一会儿再回家，能听到琴声就会感到满足，就感觉钢琴有魔力一般，对我日夜召唤。我特别感激我的母亲，她支持和尊重我的任何决定，在我准备高考的关键时刻，还给我买了一台钢琴，并同意我报名学琴。也就学了一个月时间，我就决定要考音乐专业了。这个时候母亲是有犹豫的，毕竟起步太晚了，而且我的文化成绩并不差，高考考音乐，是个巨大的风险。后来我遵从自己的内心，真的从物理班转到了历史班，开始备考音乐。由于热爱，每天再多的练习对我来说都是愉快的，学琴给我带来了人生中如初恋般的美好感受。前后也就半年学习时间，我就参加高考专业课考试了，后来我考上了韩山师范学院的音乐教育系，好歹还是个本科。

这件事对我的影响是深远的：第一，这件事情增加了我的信心，让我相信只要努力，可以将很多不可能变成可能；第二，释放内心的渴望，找到心中真正想要的，勇敢追求之，要敢于承担风险，对于既得利益要懂得适时放弃，不要患得患失；第三，音乐给予过我极大的快乐，此时我便下定决心，如果有机会，一定要让更多人像我一样，有机会享受音乐带来的快乐。

所以我的第一条建议就是，要相信自己可以。第二条，关于教学理念，我认为山区的学校是有偏差的。比如，他们习惯在音乐课上让孩子大声唱歌，却从不强调音准。在我的公开课里，我发现全班是集体音准跑偏，但在老师的提醒下，一部分孩子是可以找回来的，只是老师们平时没有给予过引导。另外，由于缺乏外出学习机会，这边的音乐教育还停留在教唱几首歌的阶段。他们不懂得律动，不懂得节奏游戏、柯尔文手势，没有任何的教学手段可以用在音乐课上，而这些手段和方法，通

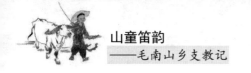

过学习是可以获得的，并没有特别高的音乐专业要求。至于第三条，我认为，只有我来给主课老师们补音乐课这一条路，才能从根本上解决非专业课教师无法上音乐课的现存问题。此时，我便有了给老师们开音乐课的想法。

三所大校跑完，接下来便轮到了校点。校点的情况，有点类似于我来都川前的心理预设中的学校情况了，地点偏、学校小、人数少、班不齐是几所校点的共性。大的校点全校一百多个学生，小的校点全校二十多个学生。老师多的，一所学校六个老师；老师少的，一所学校只有一个老师。可以想象这里的老师是极辛苦的，一个老师承担一个班的所有教学任务，除此之外，校内卫生绿化、学生和老师的餐食都需要老师们自己动手解决。这里，挑两所有代表性的校点介绍。

何顿小学是一所比较大的校点学校，全校共一百二十名学生，六个老师。校园不大，但非常干净。校园内外的手绘文化墙非常吸睛。校训：崇真尚善，至美求新；校风：健康文明，快乐进取；教风：树德尽责，爱生育人；学风：勤学善听，会问乐思。旁边还画了一朵向阳的太阳花和一个初升的太阳。往里走，整个围墙上都是字画，"信""容""礼""儒"，每面墙都有一个主题，配以不同字体的文字说明和与内容相关的图片说明。

"这都是唐校长画的。"贲校长指着墙上的字画对我和钟校长说。

"什么？自己画的？唐校长是美术老师吗？"我还是用自己的惯性思维提问。

"这边都是包班的，哪来的美术老师。"还是钟校长清醒，他反驳我道。

"唐校长语文、数学都教得好，美术、书法也都很强。因为经费有限，这墙上的字画，都是唐校长自己画的。"贲校长补充说道。

我震惊的同时又仔细观察了一下墙上的画，简单的线条有型并传神，颜色搭配亮丽但不艳俗。字体根据不同内容搭配设计，深度衬托出每个主题的不同内涵。构图松紧有致，整体看去不能用"美"来形容，而应该用"高雅"。我还没欣赏够，唐校长从身后走过来说：

"钟校长，赵老师，欢迎欢迎！不好意思，才过来，刚交代完午餐的事。"校长全名唐丽花，短发大眼，女汉子性格。

"这些都是唐校长您自己画的？"我相信，只是想要表达震惊。

"随便画画。没钱，但不能缺了孩子的文化氛围。"这是唐校长的回答。

来前贲校长已经跟我商量过，整个学校一到四年级，一共一百二十个学生，他们想让更多孩子感受一下音乐课，于是会将三、四年级所有学生集中到一起，也就是两个年级的孩子一起上，这样也可以方便其他老师听课。否则，其他老师有包班任务，也没办法听课。三、四年级学生接受能力可能会不一样，不了解学生情况，一起上课肯定是会有挑战的，但我还是一口答应下来。一是我也希望多些孩子体验一下真正的音乐课；二是山区里的老师无时无刻不在接受着我们无法想象的各种挑战，我们又有什么理由拒绝。

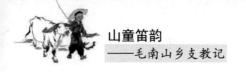

　　我上的是《学我做》一课。从照镜子游戏导入，进而过渡到"学我拍节奏""学我唱"，最终学会乐曲的演唱。很让我意外的是，这个校点的孩子，行为习惯比中心校还要好，上课过程中专注度极高，而且能够唱谱。音准上，也没有跑偏太多。教学目标在课时没结束时就完成了，我便随机又增加了拓展环节，给学生创编歌词。总的来说，这是这么多所学校里面课上得最顺畅的一所学校了。午饭时才了解到，唐校长是个非常有能力的校长，同时也爱学习。她从毕业后就一直待在何顿小学，从普通老师做到校长，二十多年一直没有离开。以她的能力，很早以前就有机会调到县城，但她选择留下，在这无人问津的山沟沟里面施展自己的全部才华。因为"包班制"，所以外面即便有学习机会，老师们也出不去。唐校长就自己到外面学，学完以后，像这次一样把半个学校的孩子们集中起来，她自己再将学到的，作为公开课上给其他老师看，让老师们也可以学习并取得进步。在这种管理方式下，只有六个老师的校点学校，每次期末考试，学生的成绩都可以名列前茅。

　　不论镇上的学校也好，村小也好，校点也好，孩子的好坏，并不取决于学校的大小或者学校的级别。使孩子发生差异的，是领导者对教育的情怀和其管理上的用心程度。遇到一个好校长，绝对是几代人的福气。带着对唐校长的崇敬，我们继续奔赴下一个校点——板途小学。

　　不得不说，板途小学再次刷新了我对学校的认知。一所学校，一栋一层高的教学楼，不知道这还能不能叫"楼"，或者应该直接叫"教学房"？只有一间教室，一间小图书室兼教师办公室，一个厨房兼饭堂。楼前一根升旗杆，外面一片不大的水泥空地是学生的全部户外活动场所。全校二十四个学生来自不同的三个年级，这三个年级都在同一间教室里上课。校长兼老师覃勇军，每天上午拿着三本不同年级的语文课本，先上一年级的内容，上完课给一年级布置好作业，再转到后面的黑板，开始教二年级。二年级教完，再转回到前面的黑板，把一年级的内容擦掉，继续上三年级的内容。语文课结束，一个上午的课时就结束了。在上午的第三课时，覃老师都要中途离开一小会儿再返回课堂，因为他除了上三个年级的课以外，还需要给孩子们做午饭。为了不让孩子们饿肚子，第三课时跑出去的那会儿是先把饭给做上，等到第三课时结束，便可以开始洗菜和炒菜。为了迎接我们的到来，覃校长周末就在学校忙活。学校经常会遇到停电、断网的情况，他为了保证我们的教学，扛着竹制的梯子，亲自检查所有的电线、电源和网络连接，以保证我们上课中途不会出现意外。我们送课当天，覃校长还特地穿上了当新郎那会儿购置的西服。贲校长提前已跟我说过，这个校点有断电或断网的可能性，让我做好预案。这附近还有两三所像这样的只有一个老师，或者只有两个老师的校点。贲校长也通知了他们今天一起过来听课学习，同时，也批了这几个学校学生的半天假。因为学生如果不放假，他们是没办法出来听课的。

在板途小学，我上的是《玛丽亚丢了宝石花》。我先是让学生模仿我的声音，用救护车的声响、猫叫的声响来吸引三个不同年级孩子的注意力，同时注意观察每个孩子的表现。再从声响到音高，从而看看学生们对音高的感知度，并预计歌曲能够教到什么程度。模仿音高后，便直接变成了模仿乐句，带学

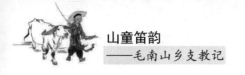

山童笛韵
——毛南山乡支教记

生学唱歌曲。孩子们的接受能力比我想象中要强，进而再次印证了我在何顿小学得出的结论：孩子的能力和表现与学校的大小无关。孩子们很快就学会了这首乐曲，我便开始用这首乐曲来跟孩子们做起找"宝石花"的游戏。

"同学们，老师今天也带来了一个宝石花，你们想看看吗？"我提问。

"想……"孩子们都瞪大了眼睛。

我从兜里掏出从家里走的时候带的一个核桃："看，这就是老师带来的'宝石花'。"

孩子们都笑了起来，听课的老师也笑了。

"现在老师要请一个同学来当'玛丽亚'，她需要在同学们的帮助下找到这个'宝石花'。玛丽亚需要趴在黑板前不能偷看，所有同学演唱玛丽亚把宝石花弄丢了的那段歌词，同时老师会在歌声中将'宝石花'放到一个同学手里，当我放好之后'玛丽亚'就可以下来找'宝石花'了，如果她离'宝石花'很远，那我们就小声地唱；如果她离得近，我们就可以大声地唱。而'玛丽亚'，就需要通过听到的声音音量大小，来判断'宝石花'到底在哪个同学手里，从而找到它。如果成功找到'宝石花'，我们再演唱后面一段'玛丽亚找到宝石花'，大家都听明白了吗？"我给学生介绍了复杂的游戏规则。

"明白！"三个年级的学生们一起喊着回答。

"好，那我们试试看，看看大家是不是真明白了。有哪位同学，想来当'玛丽亚'？"

我之前有提过这边的孩子的羞涩程度，班上的孩子虽都蠢蠢欲动，但没有一个孩子有勇气把手举起来。

62

"没关系，胆子大一点，看谁最有勇气，第一个上来。"我鼓励他们道。同时，运用自己十几年的教学经验，把目光投向一个有可能举手的孩子身上，鼓励她把手举起来。这个三年级的孩子接收到了我的信号，慢慢把手举了起来。

"就请这位同学上来，她非常有勇气，第一个举手！我们给她点掌声，请她上来当'玛丽亚'。"我生怕她把手缩回去，于是在看到趋势之后，立刻让大家给她掌声，鼓励她上来。这个小"玛丽亚"左右看了看，应该是感觉到自己没有了退路，便慢慢吞吞地扭着身子来到讲台前。我扶着她的肩膀跟她说："很简单的，你现在先到黑板这，"我把她带到黑板前，"双手这样，扶着黑板不偷看。"我给她示范了一下动作，"然后等我们第一段曲子唱完，你再回头，期间都不能偷看，可以吗？"孩子点点头，按我说的，双手交叠扶在黑板上，再把头埋在手臂上。

"玛丽亚，玛丽亚……预备唱！"我给孩子们起了个头，孩子们便开始唱起来。大家一边唱着，我一边走下去，到一个孩子桌前，把"宝石花"交给了她。同时，我扭头看了看黑板边上的"玛丽亚"，确认她没有偷看。一段乐曲演唱完，我已经回到讲台前刚才站的位置，我跟"玛丽亚"说："现在小'玛丽亚'可以转过头来了。"小"玛丽亚"刚转过头，下面的孩子们纷纷看向刚才拿到"宝石花"的孩子，给了"玛丽亚"极大的提示。还没等开始唱歌，小"玛丽亚"就径直向拿到"宝石花"的孩子走过去。我连忙说："等等，这个'宝石花'没有藏成功，老师需要再藏一次，因为刚才'玛丽亚'转过来的时候，大家都往'宝石花'的方向看了，我们不能往那

边看，不然'玛丽亚'不用找都知道'宝石花'在哪了。我们再唱一遍，老师重新再藏一次。"我在说的时候，孩子们和听课老师都笑了，我自己也被孩子们的单纯和没心眼儿给逗乐了。

第二遍演唱完，这回"宝石花"算是藏好了。孩子们用强弱的变化，来给小"玛丽亚"提示，小"玛丽亚"通过歌声，成功地找到了"宝石花"。"宝石花"找到后，孩子们自发地鼓起掌来。我说过，找到之后，是要一起演唱"玛丽亚找到宝石花"那段歌词的。小"玛丽亚"再次来到讲台前，手里握着"宝石花"，随着音乐左右摆动，全班一起高兴地演唱第二段的歌曲：

"玛丽亚，玛丽亚，玛丽亚找到了宝石花，玛丽亚，玛丽亚……"

他们唱得很开心，也唱得很好，节奏、音高，从一年级到三年级，基本算准确。经过第一轮游戏之后，孩子们的兴奋点被提起来了，胆子也大了起来。当我问谁愿意当下一个"玛丽亚"的时候，全班大半的同学举了手。不，我忘了，应该是，全校大半的同学举了手，有的还把手举得老高，嘴上喊着："老师，我！"几轮游戏过去，孩子们一遍遍地演唱，激情不减。听课的老师们也跟着孩子们动起了嘴巴，随着孩子们的笑而笑，随着孩子们的着急而着急。课程快结束时，我当然也不忘补充一点乐理知识，十几年的教学经验，让我把大部分课程中的教学目标烂熟于心。这一课的教学目标，是让孩子们感受音的渐强与渐弱。我给孩子们讲解了渐强渐弱记号，我可以明显地感受到孩子们从上课初到现在的学习状态变化。他们在愉快的过程中，接受了全新的知识。

　　下课铃响了，孩子们下课后，嘴里的"宝石花"旋律也没停下。不大的校园，被"宝石花"的旋律和欢乐的气氛填满。此时覃校长大步走向我，紧紧握着我的手说："赵老师，我替孩子们谢谢你！我替孩子的家长们谢谢你！十年前我曾经在外面听过一节音乐课，我那时候就跟一同去的老师说，要是这样的老师来我们学校给孩子们上一节这样的音乐课就好了，当时那个老师冷冷地回了我一句'你做梦'，没想到，今天，我的梦圆了！十年啊，我的梦圆了！"覃校长个儿不高，方脸平头，说话时，覃校长用双手把我的手握得很紧很紧，颤抖的嘴角让我感受到他内心的激动，细看，他眼里微闪着的泪光，将我的情绪也推向了顶点，我强压着自己的情绪，对他说："那我以后常来！常来！"

　　走出教室，我跟孩子们合了影。他们有些穿着已经断掉一半的拖鞋，有些光着脚。而我此时，是穿着棉袄。覃校长把其中四个孩子拉出来，跟我们介绍：

　　"这四个孩子是一家的，家长都不在。他们晚上回家，这个大的负责做饭给这三个小的吃。"他指着个头稍高一点的三年级的孩子，"他们的家长只有周末才从县城回来，就丢他们自己在这边。"

　　"这个，"他又拉了另一个孩子过来，"家里就丢他一个人在这边。我去扶贫带着他去，去开会也带着他去。"覃校长边讲边摇头。

　　这几个孩子都面带笑容，嘴里还哼着"宝石花"。

　　"覃校长一个人在这里，既当爹，又当妈，我们看着也是很心痛。可是校点就是这样，总归还是需要老师坚守。"贲校

长总结道，"覃校长的家是在县城的，他老婆也在县城。只有周末才能回去。"她又回过头，跟我们补充介绍。

"覃校长，让您在这里受委屈了！"贲校长握着覃校长的手说。

覃校长脸上一直挂着微笑，孩子们还在一旁唱"宝石花"，那一个个曾让我欢乐的天使面容，如今却牵动着我的泪腺，我强行把视线从覃校长和孩子们身上移开，拼尽全力去压抑欲崩的情绪。

"我进去拿下包。"我跟钟校长说了一句，然后极速地逃离，进了教室。

此时教室里有几个二年级的学生，高兴地向我围过来。其中一个孩子看到我在拿包，原本正欢快的"宝石花"突然停了下来，她表情一变，用很失望的口气跟旁边的同学说："老师要走了……"另一个同学的脸也立刻垮了下来。两个天真笑脸的突然消失，似乎一同带走了教室里的空气，我感觉自己就快窒息。我背上书包，头往上仰，尽力地想锁住眼泪，让它不要掉下来，我大步地迈出教室，逃出了大门。走到门外，全校24个孩子全都涌到了门口：

"老师再见！玛丽亚，玛丽亚，玛丽亚丢了宝石花……"

回头望去，二十四个孩子和覃校长一起在门口挥着手，唱着我教他们的《玛丽亚丢了宝石花》跟我道别。就在那一刹那，我再也压抑不住自己，泪水夺眶而出……

曾几何时，我认为一个好老师，就是能上一节好课。用这节精品课，参加各个级别的比赛，获得各个级别的奖项。到今天我才懂得，好老师，是不能用一节好课去定义的。扎根在山区里的老师，不可能去参加任何比赛，也没有机会外出学习。一个班跨三个年级，怎么能够上出一节我们定义中的好课？他不行。因此在教育生涯中，在课程上积累不了一张奖状。他没有机会参与课题研究，没有条件写论文，他需要用闲余的时间给孩子们做饭，看孩子们午休。在固有的教师评价体系中，他甚至无法评到更高级的职称。

但是，他们的坚守就是对教育事业最真情的告白。他们才是用生命在做教育的好老师，是真正不忘初心的教育者！

3.我的音乐教育观

　　川山镇的教育现状大概是这个样子的：整个川山镇曾经有四十四所学校，由于劳动力外移，目前只剩下十四所学校在用。那些建好的希望小学，很多均已荒废。太旧的教学楼就直接推倒，建筑比较新或还能用的，都用作村委的办公场地。整个川山镇有近三千名学生和近两百位老师。都川小学、川山镇中心小学和木论小学是三所大校，也叫"完全小学"，简称"完小"，这三所学校有完整的一到六年级。其他学校，都被叫作"校点"或者"点校"，只开一到三年级。校点只是为了方便村里的孩子就近入学，但师资力量相对薄弱，每所学校人数也非常少。从四年级开始，校点学生就需要转到三所大校就读。他们通常家离得很远，需要在学校内宿。除了家远的，剩下的内宿生，基本上都是留守儿童。这些孩子们跟东辉一样，家庭教育严重缺失，当然也缺爱。三年级以下的孩子一般是不允许内宿的，因为独立能力差，不好管理，但有哥哥姐姐带着的除外，所以也能偶尔看到个头儿特别小的一、二年级学生自己洗衣服、晒被子或抱着公共电话的听筒哭。

　　音乐教育的缺失在这片贫困山区的土地上是可以预见的。教师兼课，缺乏学习途径，缺乏对术科老师的考评制度都是其中的原因。其中，缺乏考评制度，指的是教师评价体系陈旧，一直是按照没有术科老师的现状来设计的，考评结果只与语文、数学成绩挂钩，而无法考量音、体、美等术科的绩效。也就是说，如果有音乐专业老师要到川山教书，为了绩效达标，就必须要兼上语文或者数学课，否则就无法考量这位老师的教学情况。这种评价体系显然已不适用于当今提倡素质教育，鼓励全面发展的教育时代。

即便在音乐课程正常开设有保障的大城市，音乐教育也是有缺失的，这是我一直以来的观点。我在参加广东省骨干教师培训的时候就听到过对小学音乐老师的问责："广雅中学，这么好的学生生源，孩子居然没有在小学阶段学会认谱，拿到乐谱不会唱，说明什么？说明不是孩子不好，是老师不负责。小学老师没有教会孩子看谱和唱谱。"这是广雅中学宋老师的原话。这番问责后，我便开始思考，到底是哪个环节出了问题，是音乐老师自身的问题吗？是我们在偷懒吗？最后，思考的结果是，我们没有偷懒。大多数在一线城市任教的音乐老师工作上都是极其认真负责的，问题应该出在我们音乐教育的课程结构上。

回看我国音乐教育史，我们目前的课程结构是在建国初期"学堂乐歌"的基础上沿袭发展而来的。经过几十年的演变，我们增加了更多本土创作的儿童歌曲、民族音乐素材和多元文化的音乐内容，还加入了欣赏、舞蹈、戏剧、器乐等教学元素。但其结构，终究没有跳出"唱歌"为主体的大框架。增加的其他内容也仅仅作为唱歌教学的辅助。而在贫困山区，音乐课就意味着"唱歌课"。课上教会孩子几首歌，就是音乐教育的全部内容。试问，"唱歌"真是音乐教育的最佳手段吗？

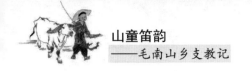

　　我认为，学生学不会看谱、唱谱，究其根源，就是因为以"唱歌"为主体的音乐课程结构。让我们来回忆一下唱歌教学的整个流程。一节唱歌课，首先要让孩子从不会唱一首曲子变成会唱，再从会唱变成唱好。在这个过程里面，要根据课程单元所预设的目标，了解到课堂上需要学生通过唱歌掌握的乐理知识，比如节奏型、音高，又或者是强弱标记。一节课下来，学生从不会唱变成唱好，同时又能掌握课程目标中的乐理知识，就意味着达到教学目标，可以称作一节成功的课。可是在这个"唱歌"教授的过程中，"乐理知识"是真实被需要的吗？没有这些相关的乐理知识，我们能否让学生从"不会唱"乐曲变成"唱好"呢？答案是肯定的。一首歌曲，孩子从"不会唱"到"会唱"，再从"会唱"到"唱好"，整个过程需要的只是一个词，叫"聆听"。学生需要做的事，只是简单地"模仿"，而不是真的需要乐理知识。如果去掉"聆听"和"模仿"，单纯让孩子在不会唱的情况下，通过乐理知识把谱子唱出来是否可行？当然不行。原因在于孩子此时并没有形成固定音高概念。面对乐谱，即使孩子知道节奏、唱名，也无法在没有音高工具的情况下知道这个音符音高的准确位置。人的固定音高概念不是天生的，在我们没有形成固定音高概念前，我们都需要借助音高工具，像是钢琴，来帮我们找到每个音的高度，在反复聆听后若形成音高概念，后期才能摆脱对音高工具的依赖，获得看谱、唱谱的能力。面对普及教育，我们怎么能要求孩子们在没有掌握音高工具又没有具备固定音高概念的情况下，能够看谱和唱谱呢？所以，我的结论是，以"唱歌"为主体的音乐教育结构，是无法让孩子达到看谱、唱谱的目标的。并不是因为音乐老师不努力，而是因为"此路不通"。

我们再来看看器乐教学的流程：器乐教学跟唱歌教学一样，需要让孩子从不会演奏变成会演奏，再到演奏好。从不会演奏到会演奏的过程，乐理知识是避不开的。孩子只有认识了音高、节奏型等乐理知识，才能知道手该放哪，音符时值要演奏多长。同时，在音符和乐器声响的关联中，不停地聆听每个音高的高度，在这个过程中，孩子将逐渐形成音高概念。待到音高概念形成时，便可以脱离乐器，达到会看谱和唱谱的目标了。所以跟唱歌教学相比，我认为器乐教学才是音乐教育的更优手段。

在一线城市，音乐老师一直有种错觉，觉得自己教会了孩子们看谱和唱谱。大城市的课堂中，的确有很多孩子是会看谱，能够唱谱的。可是你如果深入去了解，就会知道，会唱谱的那部分孩子，一定是从小在外面学习了钢琴或者是其他乐器的。他们已经具备了固定音高概念，所以才有唱谱的能力，而不是在课堂上通过"唱歌教学"学会的。

在我从教的十五年里，我有将近十年的时间都在坚持器乐教学。除了因为自己的乐器情结外，更是因为我看到了孩子们身上的改变。而我给孩子们选择的乐器，是在国际音乐教育领域中各音乐教学法用得最多，提倡得最多的乐器——竖笛。

对于"竖笛"这件乐器，国内大多数人是对它有误解和偏见的。说到竖笛，大家想起的词一定是"廉价""玩具""不好听""小儿科"之类。由于它的价格低廉，很多人没有把它当作真正的乐器。然而，竖笛是一件正儿八经的欧洲古乐器，在巴洛克时期，它的地位跟小提琴并重。巴赫、亨德尔、维瓦

71

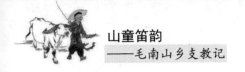

山童笛韵
　　——毛南山乡支教记

尔弟都为竖笛写过很多协奏曲。那时候的竖笛是木质材料为主
的。时至今日，国外也有非常多的音乐学院开设竖笛专业，通
常隶属于古乐系。在十九世纪的时候，一位欧洲的教育家首次
尝试将竖笛用于音乐教育，获得了巨大的成功。为了让更多孩
子可以学习竖笛，它的材质从木质改成了塑胶材质，从而降低
了生产成本，使其拥有普通家庭也能接受的价格，这就加速了
这件乐器在全世界范围内作为音乐课堂辅助乐器的传播和使用。

　　我起初会选择竖笛进行辅助教学，其实只因为一个特别简
单的原因——够便宜。我是在看到孩子们的改变后，才反过来
思考器乐教学在音乐教育中的作用的。乐器只是手段，育人才
是目的。每种乐器都会有自身的性格，在演奏竖笛过程中需要
学生控制气息，这个过程看似增加了器乐教学的难度，但在教
学过程中，学生学会控制气息的过程，也正是培养学生自控力
和团结协作能力的过程。"器乐教学"不等同于"乐器教学"。
"乐器教学"指的仅仅是教会孩子演奏一件乐器，而"器乐教
学"的概念本身就涵盖了学会演奏乐器，感受器乐作品的织体，
和声进行等更多内容。我们在唱歌教学中，分声部合唱是难度
非常大的教学点。但如果将和声和织体放在器乐教学中，这将
是很容易解决的问题。当然，前提是乐器本身要有"器乐性"。
不适合多声部合奏，不使用十二平均律制的乐器，实际都不适
合用于课堂器乐教学。

　　竖笛作为器乐教学内容，80 年代初便被写入我国各版本音
乐教材中，但竖笛在国内的普及率和认可度都偏低，原因之一
是国内缺乏竖笛专业的教师；二是厂家一味追求低价，曾经的
竖笛质量确实还只是玩具水平，达不到乐器标准；三是因为器

72

乐教学本身在班级里落实的操作难度。这些难度包括：班级编制大。在国外，一个班二十个孩子，器乐教学自然是容易操作的；在我国，一个班五六十个孩子，课堂管理是个很大的难题。也是由于班级编制大，器乐教学很难布置作业和检查作业。试想，假如老师一个个检查吹奏作业的话，检查到一半，一节课可能就过去了。另外，老师自己没有学过，缺乏后期的学习途径也是重要的原因。大多数的音乐教育专业学生，在大学并没有学过竖笛演奏，所以，很多老师对这件乐器陌生，不愿意尝试用它进行器乐教学。最后，课本中竖笛教学的内容偏少，真正上起课的时候，需要老师自己找教学内容进行补充，否则光靠课本的内容不足以让学生掌握乐器的演奏，这对音乐老师来说，增加了很多的工作量，加大了操作难度。

然而，有困难，就要找解决方式。《小学课堂中竖笛教学的数字化应用研究》是我在福田区申报的教育科研课题。其目的，便是要解决现存器乐教学难点，方案是运用数字化教学辅助手段。在我的研究过程中，是要验证利用计算机软件辅助器乐教学的可行性与效果，并确认软件能有效解决前面提到的器乐教学难点。我所使用的竖笛教学软件，可以运用音频识别技术，通过电脑麦克风拾取演奏者演奏竖笛的音高和节奏情况，实时给予演奏反馈。软件中内置了适合竖笛演奏，符合竖笛学习规律的乐曲。游戏化的界面，人机交互式学习，即时的反馈机制，能够极大地提高学生的学习兴趣，大大降低了班级授课时课堂管理上的难度。除前台游戏外，软件还有后台管理功能。孩子们回家练习的情况，老师都可以通过管理后台查看到，这就解决了布置器乐作业无法检查的教学问题。同时，由于是通

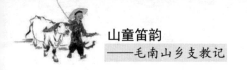

过国际音高的震动赫兹数来判断演奏情况，演奏者需要选择音准达标的乐器，软件才能够正常识别，这就要求演奏者必须使用"乐器"竖笛，而不是"玩具"竖笛来进行竖笛学习，从而保证了器乐教学效果。我自己运用这套软件辅助教学时，获得了极佳的教学效果。软件减轻了我组织教学上的负担，因为是玩游戏的方式，学生的注意力高度集中，我不需要像以前一样，花很多的工夫在课堂管理上。这个教学软件的名字叫"我是爱笛生"，关于它的故事，容我晚些再与大家分享。

这种教学方式，是否同样适用于贫困山区呢？在实施前，我自然是做过可行性分析的。首先，川山镇的所有学校，不论是大校，还是校点，多媒体配备率已达百分之百。若要用软件辅助教学，多媒体是不可少的硬件设备，川山镇的所有学校都有硬件设施，可以施行数字化教学。其次，若要在贫困山区进行器乐教学，竖笛应该是唯一对孩子们不构成购买压力的乐器。再次，由于软件辅助教学，降低了对老师们音乐专业上的要求，语文、数学等兼课教师，只要经过短期的培训，即可在课上运用软件辅助，将乐器教起来。最后，支教时间有限，要解决音乐教育缺失问题，必须授之以渔。只有让老师和孩子们掌握一件音高工具，音乐教育才能够得以延续。我希望利用竖笛，在老师们和孩子们的心里，种下这颗音乐的种子，即便我离开那天，种子还可以继续生根、发芽。

经过一系列的思考和分析，我决定跟校领导提出我的设想。

"当然好啊，学生都会演奏一件乐器，那是他们的福气。只给都川小学的老师上课，有点浪费了，要不然，给全镇的老师都上吧，每个学校都派人来都川小学学习。就定在周四下午，怎么样？周四下午三点半到五点，你来给老师们上课，我到时候跟贲校长商量一下，让她向其他学校也发出通知。"韦校长正如见面第一天所说的那样，愿意全力支持我的想法。

韦校长雷厉风行，这件事情，就这么定下来了。

4."宝宝"们的音乐课

　　周四下午三点半，全校的老师和镇上派来的老师挤满了整个音乐教室，韦校长和贲校长也都来了。

　　"老师们下午好！今天看到这么多的老师，我非常开心，也很激动。我在深圳的时候，音乐老师是弱势群体。一所学校六十个老师，只有四个是音乐老师，在学校讲话都不敢大声。我来了这里就不一样了，我发现全校五十五个老师里面，五十五个全是音乐老师，我顿时觉得走路时腰板子都挺直了！实在太高兴了！"我的开场白，把老师们都给逗乐了。

　　"我会在课堂上教会大家演奏竖笛，但这不是我想要给大家的全部教学内容。因为我们每周都会有一节课，所以我们来日方长，我希望在这个系列的课程里，可以让大家知道，音乐课该怎么去上，再用游戏的方式带大家将乐理知识捋一捋，最后才是掌握这件乐器的演奏方法。这件乐器就相当于音高工具，如果掌握不了音高工具，学生唱歌的时候音在不在调上，我们自己可能都不知道。"老师们听得很认真。

　　"我们先热个身，一会儿大家听着音乐，学我做。"我播放了《嘀哩，嘀哩》这首歌，然后两只手掌心朝上，随着音乐的节拍，左手不动，右手做往右传递的动作。乐曲中乐句出现"嘀哩嘀哩"的时候，边旋转两只手的腕边向上举手，乐句结

76

束时再回到传递动作。这是个简单的律动活动，老师们显然没有接触过律动，动作略显拘谨。每位老师脸上都挂着微笑，他们应该是享受这个过程的。

"好了，大家有没有发现我们刚才做的是一个传递的动作？那接下来，我们就真的要传递东西了哦。"我在桌子上摸了一支油性笔，"接下来我们听着音乐，传递这个。动作要跟我们刚才的动作一样，跟着音乐的节奏，不能脱离节奏乱传。同时，听到'嘀哩嘀哩'的时候，拿到这支笔的'宝宝'，需要一边做举手动作，一边站起来。因为有两句'嘀哩嘀哩'，所以，会有两个'宝宝'站起来。'嘀哩嘀哩'结束时再继续往下传，再听到'嘀哩嘀哩'时，拿到笔的'宝宝'跟刚才一样。所以整首歌，会有多少个'宝宝'站起来？"课上习惯叫"同学"，但是因为在座都是老师，如果叫"老师"又感觉有点怪，所以，我就用"宝宝"代替了"同学"。我向"宝宝"们提问，以确保他们在第一遍时就听懂乐句，并能听懂我的整个游戏规则。

"四个！""宝宝"们回答。

"对的，四个。所以大家应该都明白了，那我们就从这边开始。"我把笔递给最前面角落的一个"宝宝"。

音乐起，"宝宝"们开始传递那支油性笔。有些老师能跟上音乐的拍点，有些老师没能跟上，我在音乐中便提醒"跟着音乐拍子，有些'宝宝'传快啦"！"嘀哩嘀哩"响起时，刚好油性笔传到了瑞国校长手上，瑞国校长做着一边转手腕一边举手的动作站起来，样子别提多可爱了。事实上，整个游戏过程中，"宝宝"们脸上始终挂着孩子般欢乐的笑容。贲校长坐

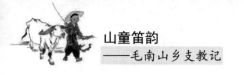
在后排，音乐第二段的时候传到了贲校长的手上，贲校长接到笔时，感觉像拿到了烫手山芋，迅速地丢给了旁边的"宝宝"，完全没管音乐的拍子，大家看在眼里，都笑得合不拢嘴。音乐结束了，我一边收不住笑一边说："有些'宝宝'拿到笔，完全没管拍子，就这样丢给下一个'宝宝'了！"我学了贲校长的动作，大家都笑得前仰后合。

《嘀哩嘀哩》也叫《春天在哪里》，是大家再熟悉不过的歌曲。我通过大家熟悉的歌曲导入，自然可以拉近他们与音乐的距离。我教过的一些班级，孩子们也是会唱这首歌的，说明大家也去教过。当然，"宝宝"们如今知道了，除了教唱以外，还可以用这种方式去感受和体验音乐。

"好了，那我们现在站起来了四个'宝宝'，有请四个'宝宝'上台，我们来玩一个小游戏。"我的突然袭击让几个站起来的"宝宝"好不紧张，他们左顾右盼，半天才挪着步子走到讲台上来，不知道我葫芦里准备卖什么药。

"这个游戏，需要有两种本地的好吃的东西参与。谁来告诉我，本地特色，好吃的东西，一个字的？"

"鸭！"下面一个宝宝喊道。环江香鸭，的确是本地非常出名的一道美食。我从到环江跟领导吃的那顿饭，到都川跟校长们吃的那顿饭，还有中秋节到姿娇主任家吃的那顿饭，学校饭堂国庆加菜的那顿饭里，都吃到了这道菜，做法是白切，蘸鸭酱。在来环江之前，我都没试过这种吃法。

"非常好，鸭！看我的动作，"我双手举过头，指尖相碰，做了一个屋顶的形状跟大家说，"这个动作，就读作'鸭'。"

"大家再告诉我一个，两个字的好吃的。"

"香猪！"还是刚才回答"鸭"的那个"宝宝"回答的。香猪也是本地美食之一，可惜赶上非洲猪瘟，来到环江后，我还没尝到过。姿娇主任的妹妹原来就是养香猪的，结果猪死光了，政府按照每头猪补贴 60 块钱的标准补偿了他们。

"很好，'香猪'。大家看我的动作，"我把举过头的双手相碰的指尖分开，两条手臂垂直于地面，"这个动作就是'香猪'。"

说完，我转过头去跟台上的四个"宝宝"说："接下来我会数三、二、一，台上的'宝宝'要选择做刚才的两个动作之一，然后摆好不动。台下的'宝宝'们，要按照从左到右的顺序，把他们的动作读出来。OK 吗？"

他们没有回答，感觉他们似懂非懂。我觉得自己表达得够清晰了，于是继续说："我们试试看吧。来，三、二、一！"试了才知道到底"宝宝"们听懂了没。

四个"宝宝"显然听懂了我刚才的话，随机做了我刚才的两个动作中的一个。"好的，摆好先不动，那台下的'宝宝'们来读一下，一、二、一，起！"

"香猪鸭鸭鸭。""宝宝"们开心、整齐地读着，表情像吃了所读的美食般满足。

"非常好，要换一组动作咯，三、二、一！"四个"宝宝"换了动作。

"一、二、一，起！"

"香猪香猪香猪鸭！"每次读完，"宝宝"们都要高兴地笑出声来，几秒钟后才恢复平静。

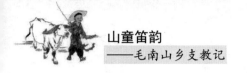

这样的练习，又做了几组。然后我们又传递了一遍油性笔，换了几个"宝宝"上来做动作。我的教学目标很明确，在音乐节拍中传递油性笔，是让他们找到和感受音乐的节拍。"香猪，鸭"的游戏，是来认识"节奏"。我给的节奏很简单，只有四分音符和八分音符。游戏做完后，我跟大家讲解了节拍和节奏的关系。节拍和节奏是音乐里面最基本的要素，我要通过游戏，帮大家捋清楚各种乐理概念。同时，所有游戏设计，也都可以直接拿到班上给孩子们使用。在前面的教学环节结束之后，我给大家介绍了竖笛的基本结构，并且讲解了基本的气息运用方法。我还给"宝宝"们留了作业，就是回去吹竖笛的长音，一个音要吹十五秒，不换气，这是我训练学生的时候用得比较好的气息控制方法——数时间。需要长时间演奏不换气，就要求出气时控制气流量。竖笛是一件小气量乐器，需要的气息量非常小。只有控制气息气流，才能演奏出好听的音色和正确的音准。当然，我也给他们介绍了练习气息的工具，即课题中我使用的竖笛教学软件。软件中的气息练习的关卡，可以直接代替管乐器学习中的校音器的作用。看到游戏和竖笛的互动，老师们和孩子们看到游戏时一样，表现出兴奋和新奇。

先教课本内容，再教竖笛，也是我自己在音乐课堂中惯用的教学方法。原因是，孩子们注意力集中的时间有限，在四十分钟的课时里面，先教课本内容，等到他们的注意力刚要分散的时候，换一个教学内容，可以使得他们的注意力再次集中。在课堂教学中，这种方式让我的课堂管理比单纯教授课本内容更加轻松，还提高了教学效率。

第一次一个半小时的教师培训结束了。"宝宝"们在下课后的整整一个礼拜里面，都津津乐道地说着"香猪"和"鸭"。

"宝宝"们的音乐课，成了川山镇的教学常规，也成了我每周最不敢怠慢的事情。如何安排教学内容，设计教学环节，把握难度系数，我都认真地考量。最值得安慰的，除了看到老师的进步外，就是听到老师们跟我反馈，把我教的方法用在了孩子们身上，学生们的反应如何如何好。其中还有一个快退休的老师跟我说，自己还有几个月就退休了，原本每天都想早点退休，如今我来了都川，她上了我的音乐课，现在"真是不想退休啊"！

我的付出，在老师们的言语和行动中，化作了"值得"。

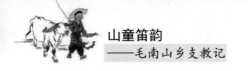
5.普及器乐教学

普及器乐教学，是音乐教学中最好的"渔"之授予。学生们的竖笛课，也逐渐开展起来了。

学校预备铃敲响时，五年级二班和五年级四班的学生们在班主任的带领下，已经在音乐教室门外排好了队伍，等待我的指令让他们进教室。他们手上都拿好了各自的"新玩具"——竖笛。

"立正！"我下口令。

"一二！"学生们答并站端正。

"请进！"我挥手引导，学生便开始陆续进入音乐教室。都川小学有 24 个自然班，一个星期自然是安排不了那么多课时的，为了每个班都能够上音乐课，在排课时会把两个班安排在一个课时里并班上课。班主任被要求跟班，一方面可以维持纪律，一方面可以学习一下音乐课的教法。开学至今，一至六年级的音乐课都得从零开始，我决定尽早进入器乐教学。

我之前是花了些时间训练学生的，不出两分钟时间，学生便已就座完毕。他们知道我的要求，把双腿并拢，凳子只坐了二分之一，双手搭在腿上，坐得很端正。不得不说，在自我管理方面，乡村的孩子们做得比城市的孩子们要好得多。

"上课！"

听到口令，学生们站起身问好："老师好！"

"同学们好！请坐。"

我举起手中的竖笛："同学们，你们知道这件乐器的名字吗？"

"笛子……竖笛……"学生们七嘴八舌地回答道。

"对的，这件乐器，我们叫它竖笛，国外也叫木笛，在中国台湾它又被叫作直笛。大家想听听它的声音吗？"

"想……"同学们异口同声，眼睛里闪着光。

"大家听听看，这是什么……"我把竖笛的笛头拆了下来，在吹笛头的同时，用手掌堵住笛头的底端，时不时放开，发出类似鸟叫的声响。

"小鸟……"

"野鸡……"同学们都感觉到新奇，教室里逐渐躁动了起来。

"像小鸟的叫声对吗？那再来听听这个声音。"我一边吹奏笛头，一边把一根手指从笛头底端伸进去再滑出来，发出上滑音和下滑音。

"救护车！"

"消防车……"学生们越发兴奋了，有些开始把自己的笛子拿出来，准备拆笛头模仿。我看到形势不妙，赶紧制止：

"救护车、消防车，很好！大家不着急把笛子拿出来，我们学习乐器有一些规则，老师必须讲在前面。首先，在老师没有发出指令之前，所有笛子不能从套子里拿出来，除非听到老师拿笛的指令。这是从教室排队的时候就开始的。"我了解孩子们的好奇心，如果没有前期的常规要求，器乐课的介入会是校园的灾难，孩子们会从出教室那刻起，就把笛子当哨子吹一

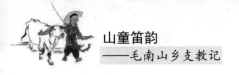

路。"其次，老师让大家拿出来之后，也不能随意吹响。只有听到老师'预备，起'的口令才可以吹。其中'预备'是吸气，'起'是开始演奏。最后，看到老师这个握拳的动作的时候，就是让大家停下来。"我做了一个指挥收拍的动作，"谁如果违反规则，在不该吹响的地方吹响，或者该停下来的地方停不下来，老师就要没收笛子一节课，直到下课，表现好才有机会拿回笛子了。"

那些欲尝试的同学纷纷把笛子塞回套子里。看着他们期待的样子，我有一点小得意。

"大家别着急，下面讲的内容，如果大家都能很快记住的话，老师就会让大家拿出笛子尝试了。刚才老师拿来吹奏的这个部分，是竖笛的笛头，它是竖笛的主要发声部分。前面有个像小窗户一样的这个地方，叫作'音窗'。前面白色这个部分是吹嘴。中间这根管子，是竖笛的笛身，"我边说边又分开了竖笛的笛身和笛尾，举起中间的部分跟学生们介绍道，"笛身跟笛头插上之后，要检查两个地方，一个是笛头和笛身有没有插到最底，另一个是音窗有没有对齐笛身上的一竖排的按孔。对齐，插到最底，然后把笛尾也插上，笛尾的按孔先对齐上面一排按孔，然后再往右手边稍微旋转一点点。因为我们最下面的孔是右手小指按的，我们的小指通常都稍微短一点，所以稍微往右手边调整一下，根据自己的小指长短来调整到最合适的位置。如果这些步骤都做好了，那么就是已经准备好了。"

学生们听得很安静，不知道是否都听明白了。"好的，接下来，如果大家都听明白了的话，就请把竖笛拿出来，并且按照老师刚才说的，看看自己的笛子有没有调整到准备好的状态。

有些笛子在出厂的时候可能笛头位置没对好，或者没插到底，现在大家都先调整一下。"

听到可以拿出竖笛了，孩子们异常兴奋，边拿出笛子边讲起小话来，音量还没到我需要制止的程度，所以我就由他们了。"调整好了的同学请坐端正。坐端正我就知道你已经准备好了。"学生们都自认为已经调整好了，陆续坐好。"接下来老师要跟大家讲讲怎么持笛。首先像老师这样，左手抬起来，握拳，然后慢慢张开，慢慢张开……这样所有手指是握空心拳的状态，然后食指和大拇指这样捏一捏，碰到的地方，就是等下你需要按住的地方。现在把笛子放上来，音窗朝外，对着老师，食指按住前面的最上面的那个孔，拇指按住后面的背孔。"我边做的同时，学生们都在模仿着，"按好了以后把它拿到面前，吹嘴先放在嘴唇下面，先不含到嘴巴里，否则一定会乱响。胳膊肘架起来，不要夹紧，身体坐正，抬头看前面，右手扶着笛尾，但是不要挡住按孔。"我转向侧面继续说，"看笛子跟身体的角度，要比四十五度还多，笛尾不要离身体太近，像这样，往外推。"我以为自己讲得够清楚了，即使不清楚，模仿应该也不难，但是看过去，学生们还是姿态各异。

"大家摆好不动啊，我来检查一下。"我走下去，一个个地检查。有左右手不分的，有音窗没有朝外的，有手指跳过了一个孔，按到下面一个孔的，有胳膊肘没打开的，也有驼着背低着头的……我一个个地纠正了一遍，但孩子就是孩子，定力不足，正确的姿势坚持不到一分钟又会有新的变形。当然，对此我有心理预期。良好的演奏姿势和气息习惯，都需要长时间的练习巩固才能变成习惯。

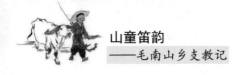

　　"老师检查了一遍，现在大多数同学都做到位了，希望你们能够记住现在的姿势，当你们看到老师把手抬起来这个手势的时候，大家就立刻摆好现在的姿势，做好演奏准备。当老师放下，喊'收'的时候，大家就把笛子放下来横在腿上，像这样放好。"我给他们示范了笛子收回来的时候的正确放法。

　　"现在试试看，大家听我口令，收！"我边喊口令边示范了动作，虽不算整齐，但大家都明白了我的意思。

　　"好的，看我手势，起！"我把手抬起，示意大家把笛子放到准备位。然而不出我所料，孩子们在放下竖笛之后再抬起来，一定会有些孩子按错孔，或者左右手拿反的。于是我又下去纠正了一圈儿。通常这个过程需要循环反复几次，犯错的同学才能逐渐减少。

　　"收！"反复了几次后，我让大家把笛子放下来，我要开始示范演奏了。

　　"同学们，我们现在知道了笛子怎么拿，也知道了手指该按住哪两个孔，接下来老师就要教大家怎么吹了。大家记住，竖笛是一件小气量乐器，只需要非常小的力气去吹就可以了。稍微一用力，声音就会很难听。我们吹的时候的感觉，就像前面有一根点燃的蜡烛，我们如果用力过猛，蜡烛就会被吹灭。我们需要的是轻轻吹，让火苗向前略微倾斜，不能把它吹灭。老师先来示范一下，我用一口气，大家帮老师数一数老师能吹多少秒不用换气。"

　　"1，2，3……"同学们认真地帮我数着时间，通常情况下，所有学生数的速度都会比秒针略快，一直数到快三十秒，我才停下来。

"哇……"同学们觉得我的气好长，都惊叹了起来。

"其实我们都可以做到，只要不要一次给太多气，我们把气息省点儿用，只给一点点，慢慢放，你们也可以演奏很长的。接下来大家来试试看。看我手势，起。"

听到"起"的口令之后，孩子们迅速摆好了准备位。

"接下来，大家听到我'预备'的口令，就是让大家吸气，'起'就是吹。记得一定要轻轻吹，不要太用力。"

"预备——起——"

教室里瞬间传出了震耳欲聋的、尖锐的、震频凌乱的笛声。若不是早有预期，估计心脏不好的老师会当场倒地。当然，对于这种情况我太有经验了，第一次吹奏，无一例外都会出现这种情况。

"好的，刚才有没有数一数自己能吹几秒钟？是不是三秒钟就没气了？有些同学用尽了力气去吹，所以才会有那么尖锐的声音出来。太用力的结果就是 3 秒钟气就没了。我们要学会控制，接下来老师帮大家数时间，中途不能换气，看看你能吹多少秒。预备，起！"

"1，2，3……"我给他们数的秒数，应该是接近实际秒数的。他们中间有大半的同学为了吹更长的时间，控制了气息流量。整体音色比刚才好多了。以我的教学经验来说，数时间是"入门长音"比较好用的一个教会孩子们控制气息的方法。我大概数了十五秒便停了下来。

"这回好一些，有没有同学刚才十五秒里面都没有换气，一口气吹下来的？"有零星几个孩子举了手。

"十秒呢？吹到十秒的，有哪些？"有更多孩子举了手。

"好，越来越好了。第一次课，大家能吹十秒就好。我们再试一次啊，争取都做到十秒以上。预备，起——"

孩子们的音色比刚开始的时候好多了。竖笛就是一件需要自控的乐器。为避免孩子们觉得无聊，我该换法子了，于是我打开了竖笛互动声控教学软件"我是爱笛生"。

"同学们，你们知道吗？用你们手里的竖笛还可以打游戏。接下来老师要给大家示范一下，怎么用竖笛来吃金币。"我边讲解边点开软件登录，进入第一课的单音练习关卡里面。界面出现了竖笛的学习介绍页面，中间有文字说明，左侧有竖笛按孔示范。"大家看，这个关卡，上面已经提示了，需要按住'0'孔和'1'孔，也就是我们刚才学过的那个音，'7'音。大家看看老师是怎么用它来吃金币的啊。"我边说边点击了游戏的开始按键。界面最左侧是竖笛和指法提示，左下角还有一个由竖笛操控的小飞船，右边是旋转的小金币，呈弧形排列。我开始演奏"7"音，当麦克风收到我的"7"音时，小飞船起飞了，随着我的吹奏和停顿，界面上的小金币都被小飞船吃掉了。学生们看得入神，没有一个孩子开小差。中途我停下来补充说明了一下："大家看，现在的小飞船非常听话，是因为老师刚才轻轻吹的笛子声音是对的。如果老师现在用力吹，声音就不对了，小飞船就没法起飞了。大家看……"我用更大的力气演奏了竖笛，声音尖锐刺耳。这是孩子们在演奏竖笛初期最容易犯的错误。小飞船因为收不到正确的音高震动频率，所以在左下角一动不动，无法起飞。"看到了吗，如果吹得很用力的话，小飞船就飞不起来了。"

"哇……"学生们的兴奋点被挑起来了，每个孩子的表情都充分说明。

"大家如果都坐端正了的话，就让你们来试试。看你们能吃到多少金币。"我提醒了一下大家的坐姿，孩子们立刻挺直了腰板，坐得别提有多端正。

"嗯，我看大家都坐得很好，应该是准备好了，那老师就让大家来试试看。但是提醒一下大家，如果用太大的力气吹，小飞船就飞不起来了噢。来，准备。"我做了抬手的手势，他们已经知道这个手势的意思了。

"预备，起——"

笛声响起，小飞船摇摇晃晃了两下，但是还是没起飞。我非常明白原因，还是有部分学生演奏得太用力了。

"停！大家看，飞船飞不上去了。原因是个别同学的声音还是很大，接下来大家互相听听，哪个同学的笛子声音冒出来让大家都听到了，我也会走下去听听。我们在进行集体演奏的时候，听不到自己的笛子声音才是对的，因为声音融合了；如果能听到自己的笛子声音，说明吹得太用力了。我们再试试看，互相找一找是谁太用力了，互相提醒一下。准备，预备——起！"

这次吹奏的时候我走近了学生，哪边声音大了我就用目光去制止他，结果很奏效，小飞船晃晃悠悠地飞上去了。孩子们高兴极了。但是他们太高兴了，以至于小飞船一直高高挂在上面，别忘了游戏金币的排列是有弧形的，需要配合吹奏和停顿的时机。然而，孩子们目前的状态是根本停不下来。不过这也很正常，这不，马上有学生发现问题了：

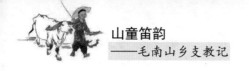
"要停下来啊，不要一直吹啊！"有学生这样提醒大家道。音乐结束，孩子们只吃到了极少的金币。

"同学们，这回我们有进步了，小飞船已经能飞起来了。可是我们的问题是，一直没停下来。刚才有一位同学就提醒大家了，不要一直吹，要知道什么时候吹，什么时候停。老师刚才给大家示范的时候，就有吹也有停。接下来，老师会给大家三次机会，三次吹奏里面，如果有超过八十分的话，我们就可以进行下一个练习了。如果三次都没有吹到八十分，那就只能停下来不玩儿了，要等到下次课才能继续了。"

我给了孩子们一些要求和压力，好让每个孩子的注意力更集中，更认真地演奏，这种方式通常都很奏效，他们会更珍惜每次演奏的机会，会更认真地对待每次演奏。结果自然是会进步的，他们在第二次吹奏时，便吹到了八十一分。当分数显示出来的时候，孩子们都欢呼了一声。孩子们都兴奋地等待着后面的关卡，不过可惜，下课铃响了。

"老师，不要下课嘛，你拖一会儿堂嘛……我们的老师经常这样的。"一个孩子主动要求我拖堂。我理解他们爱玩儿的心。

"那老师就用一点时间，给你们看看后面的游戏是怎么玩的，下次课你们再玩好不好？"

孩子们为"拖堂"欢呼了起来。

单音练习过后是单音节奏练习，游戏界面换成了背着音符的小鸟和五线谱。我给孩子们做了演奏示范后，孩子们带着对下节课的期盼，恋恋不舍地离开了音乐教室。

都川小学的器乐课，就这么在全校开展起来了。你大概无法想象，在第四次音乐课的时候，这批孩子已经可以用非常舒服的音色演奏三个音的小曲子了。对零音乐基础的孩子们来说，乐器给他们带来了音乐学习的成就感。运用信息化手段进行的器乐教学，也颠覆了他们对学习的固有认知。

不知不觉中，那一颗颗音乐的种子，已在孩子们的心中种下，我期待着它们的生根与发芽。

第四章　控辍保学

"一个都不能少"

1.早生贵子

　　"赵老师，今天是中秋节，邀请你和钟校长中午到我老家那边的农家乐钓鱼。"姿娇主任一早给我发了条微信。

　　"咚、咚、咚——"不用问也知道是钟校长在敲我的门。我开了门。

　　"姿娇主任给你发信息了没有？"

　　"发了！"

　　"去吗？"

　　"去呗！"

　　"他们这边也有农家乐啊？"

　　"是啊，我也觉得奇怪，到处不都是农家嘛，这边开农家乐，有人去吗？"

　　"不管了，反正去了就知道了。"

　　"好吧。"

　　"那就回复姿娇主任说没问题了，等她过来接了啊。"

　　"好，我也回一个。"

　　"好。"

　　十点、十一点、十二点、十二点半……

　　"咚、咚、咚——"依然是钟校长。

　　"一点了，姿娇主任还没来，是不是又'放空炮'啊？"

　　"不会吧……不都确认了吗？"

"我早饭都没吃，这个点儿了，好尴尬，想吃一点又不甘心……"钟校长一边说一边用手揉搓自己挺起的大肚子，他一向这么有幽默感，跟他一起支教还是很欢乐的。

"要不打电话问问？"我掏出手机，电话铃刚好响了，正是姿娇主任打来的，我开了免提。

"赵老师，我们还有十分钟到门口，你和钟校长准备下来哦。"

"好好好，马上马上！"我挂了电话。

"出发！"我和钟校长对望了一下说。

我和钟校长对姿娇主任嘴里的农家乐充满了好奇。城市的农家乐我们知道啥样，真不知道农村也有农家乐，那会是什么情况呢？都会是什么人去玩呢？

姿娇主任的老公是中学老师，戴着眼镜，平头，一副标准知识分子的模样。他开着车，载着姿娇和两个儿子，十来分钟后来到了宿舍楼下。他们的大儿子已经上中学，小儿子在上幼儿园，是政策刚放开时生的老二。

我和姿娇主任，还有她的两个儿子坐在了车子后排，钟校长体格大，坐在了副驾驶。钟校长有着很强的交际能力，刚上车便愉快地跟姿娇的老公交谈起来，从家里聊到家外，从天南聊到地北……窗外，远处是山，近处是田，放眼一片尽是绿。车程大概半小时，我们到了姿娇主任口中的"农家乐"。

主任口中的"农家乐"，实际就是她爸妈家。这是经过一路羊肠小道深入深山脚下的一个村落。她父母家，就是村子尽头的一户人家。房子用水泥和栅栏做围墙围起来，中间一个入户大院，右手边是四层高的主楼房，外墙有好看的外墙砖。层高一样的楼房，我们是用外墙来判断家庭的经济情况的。家庭经济条件差的，外墙会是裸露的红砖，房屋内也一样；稍好一点的，外墙也是红砖，内部会刷上大白；再好的，就会像姿娇主任家一样，外面会贴好外墙砖，内部也刷好大白和墙面漆。大门正对着一个专门酿酒用的平房。左手边有菜地，近处零星种着蔬菜，往里有几棵挂满柚子的小树，柚子用深红色油纸包得严实，据说为了防虫。墙外向前延伸的大片田地，都是姿娇主任家的，地里种着大豆、玉米，中间还有自己的鱼塘。

看着这所谓的"农家乐"，钟校长跟我小声地在门外合计。

"不是说农家乐吗，怎么直接到家里来，大过节的，我们空着手就来了，太不礼貌了，这还有老人家。"钟校长小声说。

"对啊，我还以为是像深圳那样的农家乐，大家玩一下，这可咋整？"到了地方，我们已经看清了形势。都川，根本没有什么"农家乐"，或者说，此"农家乐"非彼"农家乐"，主任就是把我们带回家跟她的家人一起过节了。这"突袭"让我们不太自在。在深圳，领人回家过节是何等礼遇，就算只是请人在家里吃一个便饭，都意味着最高的宾客待遇。我们还空着手，显得很失礼。然而，事到如今我们只能恭敬不如从命了。

跨进大门，姿娇主任的父亲先出来，瘦高个子，身体看着还很硬朗。姿娇用他们的家乡话讲了几句，又转成普通话介绍了我和钟校长。姿娇爸用标准的普通话对我们表示了欢迎，表情甚是热情。

一进屋，姿娇主任的大儿子便开始准备起了钓鱼的工具。两根鱼竿，一个装鱼饵的小桶，一张网鱼的网子，一个装鱼的

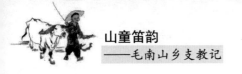

山童笛韵
——毛南山乡支教记

空桶，三顶草帽。装备齐整后，我们便随他步入院后的田埂，朝鱼塘方向走去。

钓鱼对我来说是一项不适合我的运动。倒不是因为没有耐心，而是觉得钓上来的鱼因我而死，我会觉得良心不安。今天，我自然也是旁观者，看着两位男士垂钓，偶尔陪聊，偶尔跑到田埂间自个儿溜达。下午阳光猛烈，两小时过去，两位男士的脖颈被晒得通红，然而收获的，仅仅是"鱼饵被塘里的小鱼多次挑逗"的话题。

夜临。门外是盆大的满月和漫天的繁星，屋内半高的桌子，满桌的佳肴。主宾先后入席，中秋，虽置身于千里之外，但温情不减。

"赵老师，今天不好意思，去接你们有点晚了。早上还挨去扶贫，我那个扶贫的学生要请假生孩子去了。"姿娇主任在桌上对我们说。"挨扶贫"是很广西的说法，就是被派去扶贫了的意思。

"什么？学生？生孩子？"我觉得自己肯定是听错了。

"是啊，六年级，回去要给她办请假休学。"姿娇主任补充道。我确定了自己没听错，可这事儿完全超出了我的想象。

"孩子多大呀？没到法定结婚年龄吧？能结婚吗？能请假生小孩？"我一路追问。

"六年级，肯定不到法定结婚年龄啊。不过在乡下只要双方家长同意，摆了酒就算结婚了。他们不在乎结婚证，摆酒就算。"

"天呐……这也太神奇了吧……准生证都拿不到呀！"

96

"这边生孩子哪里需要准生证，想生就生了啊。"姿娇主任淡定地回答，"你们没见前些时候那对广西'00后'夫妻，贫困户，但是生了十一个孩子，这边就是这种情况，没什么准不准生的。他们中的很多人，医院都不去的，在家里就生了。"

"啊？"三观被颠覆，此处没有语言。

"那生完不读书了吧？直接在家带孩子？"钟校长问。

"生完再回来读书，要把九年义务教育读完，后面就不管了。义务教育要求在籍学生全部要完成，少一个整个县都不得脱贫。"姿娇主任回答。"不得"也是广西的特有表达，意思是"不能"。

"那孩子的爸爸是什么人呢？"我问。这里面会不会涉及法律问题呢？我心里想。

"也是六年级的学生啊。那个男生家里也是贫困户，是覃文渊老师的帮扶对象。上次覃文渊去他们家，还想教育一下那个孩子，他跟孩子说，你们家自己都是贫困户，生个孩子怎么养？都不知道怎么想的。结果你们猜那孩子怎么说？"

"怎么说，怎么说？"我和钟校长都很着急。

"他说，就是贫困户才要现在找老婆。如果再晚找就找不到了。文渊当时就呆住了，他自己还是单身，他说这个孩子觉悟太高了，他当年要是也有这觉悟，就不至于现在还单身了。"

"哈哈哈哈，我的天呐……"我们都被惊到了，这孩子说的，确实不无道理！

姿娇主任继续补充："文渊跟我们说，我们都觉得有道理。你看我们有时候去扶贫，我们去那些贫困户家，遇到不讲理的就不让我们进门。他们说把东西拿走，不要你们的东西，我现

在什么都不缺，就缺老婆，你们要发就给我发个老婆，我就给你们好评，否则别来给我送东西，送什么也没用。那些干部真是没办法。他们现在有住有吃，但是贫困户在乡下都找不到老婆。年轻一点的女的都去广东打工了，本来剩下的人就不多，贫困户更没人愿意嫁，他们确实都找不到老婆，他们觉得这才是他们最大的问题。别说贫困户了，你看我们做老师的，男的要找老婆也不容易呢！"

"还有这样的呀……"我呆呆地说，眼睛都失去了焦点，实在有点颠覆认知。

"可不嘛。所以文渊说，本来是去教育那孩子的，反而被那孩子给教育了，开始后悔之前没有早点下手找一个，恨自己思想觉悟不够。"

"哈哈哈哈哈……"大家都笑了起来。

"赶紧吃吧，菜都凉了，边吃边聊。"姿娇爸张罗着说。这个话题像笑话一样开场，大家都顾不上动筷，可这件事情，太颠覆三观了，以至于整顿饭下来，我的思绪也没能从这件事中抽离。

城市里的孩子也会有早恋的问题，但小学阶段顶多就是写写情书一类的玩闹事，没想到在山区，小学生在这件事情上动真格的了。而且，无须结婚证也可以结婚和生孩子。在这里，宗族管理强势，法制管理弱化，天晓得还会有什么神奇的事情发生。

吃完饭，姿娇主任带我们上他们家的天台赏月。天上繁星满布，月似触手可及，让人不禁感叹，这真的是同一片蓝天之下吗？

2.一个也不能少

　　韦彭涛个儿不高，有点驼背，还比较黑瘦。他顶着一头"黄毛儿"，身上穿着领子已明显松垮的黑色旧 T 恤，下身是挽起裤脚的破洞牛仔裤，脚下趿拉着满是泥土的深棕色橡胶拖鞋，陈年的污泥同样也包裹了他裸露在外的脚趾，脚指甲和指甲沟壑里更是深黑。他左手提着个深灰色塑料桶，右手拿着钓鱼竿，嘴角熟练地叼着一根香烟，正低着头往山下走。这段山路虽已走过无数遍，他仍需要认真地避开脚下的杂草与石头。无意中的一抬头使他猛地一惊，他立刻止住了脚步……

　　他的目光定在前方不远处，心脏也随之剧烈跳动了起来。与此同时，韦彭涛目光所及，正在上山的四个人中的一人也发现了他。

　　"他在那儿……"那位年纪最长的爷爷走在前面，发现猎物般指着韦彭涛，朝身后另三个人喊。

　　"韦彭涛——"后面的人随口喊了一嗓子，这一嗓子让韦彭涛受了惊，他打了个哆嗦，立刻扔下水桶和鱼竿，用力把嘴里的香烟甩在地上，转身朝山上跑去，留下几条从桶里滑出来的垂死的小鱼忽闪忽闪地张着嘴艰难地呼吸着。

　　"别跑！"见韦彭涛往山上逃窜，后面的人加快了步伐，他们擦肩越过了前面领路的爷爷，几个人一起朝韦彭涛跑掉的方向追过去。不出几分钟的时间，几个追逐者间就拉开了不小

的间距。跑在最后面的，是韦校长，他喘着大气，用右手撑在
自己常年被痛风折磨的右腿上，一瘸一拐地继续往上走，可毕
竟年纪大了经不起折腾，他不得不弯下腰，喘着大气放缓了步
子，把希望寄托在前面两位追逐者身上。

往前一位是李书记，虽年纪尚轻，但毕竟是女同志，体力
也有限，她边喘着大气边喊："韦彭涛……又不是抓你去坐
牢……跑什么呀！"喊话也消耗着李书记的体力，她感觉自己
喘不过气来，她弯下腰，双手撑在大腿上大口大口地呼吸，额
头的汗珠滴在她脚前的黄泥地上。

跑在最前面的选手是韦彭涛的班主任覃鑫毅老师。由于是
男老师，又是刚毕业，体力尚好，大家把希望都寄托在了他身
上。鑫毅老师果然不负众望，过了一阵子，只见他揪着韦彭涛
的后衣领子，推推搡搡，像押犯人一样把韦彭涛从山顶上拎下
来，他比韦彭涛高出了整整一个头。韦彭涛则皱着眉头斜着眼，
满脸的倔强和不服气。

接下来的画面便是在一个山脚下的土坯平房里，被逮回来
的韦彭涛低着头背着手，脚下一直机械地重复着逆时针画圈儿
的动作，身体随之不停地摇摆着，一声不吭。他是都川小学六
年级三班的学生，已经三天没去学校了。坐在床头的爷爷，坐
在竹制靠背小板凳上的韦校长，坐在木质长板凳上的李书记和
手叉腰站在韦彭涛身边的覃鑫毅把韦彭涛围起来，苦口婆心，
轮番轰炸，对他进行思想教育工作。他们进屋时，外面还是大
太阳，画面一直维持到夕阳西下，再到天色完全黑了下来。好
一番"披星戴月"，也许是太累了的缘故，韦彭涛终于开了口：

"去去去，我去！"韦彭涛不情愿地说。

其实大家心里都明白，道理对他是无效的，最终是靠着耗时间，让他投了降。

"所以，他不上学，去山上钓鱼，他爸妈也不管？"我问正在给我们讲故事的李书记。

"他跟爷爷生活在一起，爸妈都在外面打工，是留守儿童。带我们去抓他的就是他爷爷，可是他说他年纪大了管不了不听话的孩子。所以赵老师，我们哪里还能管他染头发，管一下就不来学校，我们又要回山上抓。管他黄头发、红头发，他能来学校我们就心满意足了！这些不愿意上学的，我们连批评都不敢，全都得当祖宗供着。万一哪天碰到'控辍保学'的人来查，少一个人我们全县不得脱贫，谁都担不起这个责任啊！现在就盼着他赶紧毕业，把剩下的几个月读完，送到初中就跟我们没关系了。"

这个故事的起源是因为我见着了这位顶着黄毛儿的主角韦彭涛。在教学楼四楼走廊里，我在午餐时间书记为什么允许学生染发。现在我了解了，原来在乡下有这么一群学生，是学校不敢管，还得求着来上学的。我没说话，书记继续补充道：

"其实他来学校也是带坏头，经常打架，挑事儿，还试过偷东西，向低年级的学生勒索钱财。像什么染头发、抽烟、喝酒都是小事了。学校的老师们头都大了，可是没办法，还是得求着他回学校来。"

"我的天呐……这在深圳可是不存在的。家长为了孩子读个书可是得费尽心思。这可倒好，学校还得求着孩子来读书，甚至还要到山上抓人！太不可思议了！"我不禁感叹。

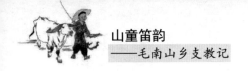

"我们上山抓人，光韦彭涛就不止一次了。"李书记无奈地说。

"你们也太不容易了……"

这是我第一次接触到"控辍保学"一词，也是第一次意识到这项工作的重要性，以及落实起来的不容易。再次接触这个词，是在环江县第四中学。

3.特殊班

第二次接触到"控辍保学"，是因为接到了一个临时借调任务。环江县第四中学是由深圳福田区援建的一所刚投入使用的初中。由于是新校，校长覃偶是一位有想法又想办实事的领导，他想联合旁边的环江县第六小学、环江县第五幼儿园还有社区一起策划和举办一场迎新晚会，以此树立学校形象并增加学校在周边社区的影响力。但他苦于学校自身没有音乐老师，于是多次向教育局求助，希望能借调一位音乐老师到学校来帮忙排节目。教育局考虑到县城音乐教师原本就少，再者每个岗位都是固定的，不好临时调配，于是便想到了我。来咨询我意见的是韦校长，我以为是韦校长给我的任务，出于对韦校长的尊敬我一口便答应了下来，借调周期为一个月。

由于是深圳援建的学校，步入学校的时候总有种似曾相识的感觉，学校新且大气，所有电教配置都是最新型的。内操场有一位身着迷彩服的人正看着几个学生跳蛙跳，我以为这是在军训。后来得知校内穿迷彩服的有十几位，他们都被称为"教官"，一边负责学校的安保工作，一边还负责对学生的常规管理和教化，他们有权力对学生进行管理教育，而蛙跳就是其中一项他们惯用的处罚方式。

覃偶校长非常周到，我住的是学生宿舍里的其中一间，里面两张架子床拼成了一张，使得床铺足够宽大，下面垫了足够

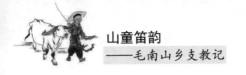

厚的棉絮。桌椅、洗漱用具、电磁炉等，宿舍被布置得很完善，他们为我准备了生活中用得到的一切，可以说我完全是"拎包入住"。除了宿舍太新，有很重的装修的味道之外，其他的都还好。校长跟我说学校有早午晚三餐，只是晚餐要和一些奇怪的学生一起吃，他让我不要太在意。我很好奇，什么是"奇怪的学生"？

在四中工作的第一天，早餐依然是汤河粉无疑。之后我被安排在主管节目的韦副校长办公室里的一张小办公桌旁就座，说这样比较方便沟通。韦副校长个头不高，人比较瘦小，梳着齐耳的短发，她跟我说每个班级已经下了排节目的任务，让各自排练，目前节目已经到了半成熟的状态了。她对我提出的要求是，在原有的基础上提升一下即可。接下来她安排我到各个班级的排练场地去看节目。由于学校是新学校，招生未满额，所以有很多空置的教室。每个班级都可以利用一间空置教室来进行排练。韦副校长带我在每个排练教室走了一遍，有时她会跟我介绍，这个班的节目才刚开始，好像还不够好，或者会说，这个班的是比较好的，里面的女生比较会跳舞。然而巡了一圈下来，我看到的场景大多是这样的：

教室里面的大屏幕上，放着一段三五个人的热舞视频，然后孩子们照着视频做着动作。他们有些是做的镜面动作，有些做的是反向，所有动作幅度都做过不同程度的缩减。他们的眼睛无时不盯着前面的视频，动作虽不整齐，表情却都整齐划一，全都异常严肃，并无笑容。舞蹈音乐充斥着"动次打次"，视频里的动作全是各种扭动，尽显谄媚。我皱着眉头看完了全部的节目。

　　"韦副校长，这些节目都用不了。"回到了办公室后，我直截了当地对韦副校长表达了我的想法。

　　"哟，有些班还可以啊，你帮我们把不好的那些练一下，提高一下，他们都不会，都是自己学，学得不像，有老师教肯定不一样，教他们到像一点的程度就得。"韦副校长对我说。"哟"是韦副校长的口头禅，也许是我的直截了当否认了她的前期工作，她有了点执拗的坚持。

　　"不是像不像的问题，这些舞蹈并不适合中学生，而且舞蹈完全没有任何内涵和意义，这种东西上不了舞台的。"我跟她解释道。

　　"哟，时间还有不到一个月，也来不及重新排了吧。排练还不能耽误他们上课，每天只有早读的 40 分钟，还有最后一节课 40 分钟。我让他们把视频发给你，你学一下再教一下他们就好。"韦副校长说。

　　"孩子们选的素材，都是些成人的热舞。即便我能把他们教得跟视频里跳得一模一样，放到舞台上也是很难看的。如果是班级自己玩玩就算了，作为一台演出的节目，实在不行。"我坚持自己的想法。

　　"哟，那怎么办？"韦副校长露出了愁容。

　　"我的想法是这样的，节目的素材我来重新选择，挑选适合中学生的内容。刚才看到的是四个班级的四个舞蹈，我想把学生以年级为单位重新组合一下。一个月时间，三个节目是可以完成的，可以改成两个精品一点的舞蹈和一个语言类节目，这样品类也丰富，质量也能提高。排练时间从明天上午开始，

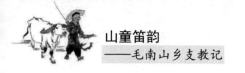

我用今天下午和晚上的时间来准备一下。"我给出了我的方案，同时也在担心韦副校长会不会继续拒绝我。

"哟，这样啊，那我先请示一下覃校长。"韦副校长回答，随后她便去请示覃校长了。过了几分钟韦副校长回到办公室。

"哟，赵老师，覃校长说了，请你过来就是觉得你们专业，让按照你的意思就好。他还说等下召集级组长和班主任开会，让他们好好配合。"韦副校长说。

"那太好了。"覃校长果然英明，同时我也感受到了被尊重。

看完节目，开完动员会，便到了午饭时间。不同于都川小学，这边的午餐，师生在一块儿用餐。没有火锅，吃的是到窗口打的炒菜，有点像大学打菜的窗口。第一天中午吃的是酸菜炒牛肉还有水煮生菜，味道尚可，就是生菜煮得有点烂，口感不太好。

下午时间我便开始收集素材。根据前面观察到的学生基本情况与性别结构，最终我计划给他们排一个全女生的彝族舞蹈《七月火把节》，一个中学生主题的男女混合情景剧舞蹈《奋斗》，再加一个小品《秀才教子》。同时我也按照他们排练的时间，制订了自己的排练计划。由于要同时排练三个节目，能用的时间段又是相同的，我需要提前计划以保证排练时间的有效性。比如哪些动作我可以先教，哪些练习他们可以自行做，这个时候我可以抽身教另一个节目的基础动作等。我会在之前的演员里面挑选出并不适合跳舞的孩子来进行小品表演。小品的前期准备，需要做的是背台词，可以先把台词发下去，让他们自行练习。民族舞我会选择个头相当的女孩子来参与，这个节目需要她们整齐划一。剩余的孩子可以参加《奋斗》的排练，这个舞蹈讲述的是中学生在学习中遇到种种困难和压力，最终如何去克服，比较适合这个年龄段的孩子，并且对观众也有教化意义。如此计划完毕后，我心里对节目品质便有了底。我确实没办法接受让初中的孩子在台上跳热舞。超出工作时间素材才整理完毕，离开办公室刚好是饭点儿，我直接走进了饭堂。我果然看到了校长口中那些"奇怪的学生"。在打饭窗口正在打饭的三个男孩儿，还有已经在一桌坐下就餐的几个男男女女，他们看起来都很奇怪。首先他们不像其他学生，他们没穿校服。他们的牛仔裤左腿都被剪短，右腿裤腿是原本的长度，他们的头发颜色各异，凌乱且松散。如果让我说出他们跟一般学生最大的区别的话，那就是"痞"。一位穿迷彩服的教官在旁边的窗口打饭，他问旁边那个"红毛儿"男孩儿："裤子剪成这样，不冷吗？"

其实他问了我心中想问的话。广西的秋冬是比广东要冷的，此时的天气我已经穿上了毛衣棉袄，真不适合露着一条腿。

"红毛儿"没说话，只是朝着教官竖了个中指，我倒吸了一口凉气。此时教官左手端起打好饭的饭盆，举起右手做了个隔空挥拳的动作，脸上倒不是太严肃，也许对"红毛儿"的这种行为他已经见怪不怪了吧。

教官坐在了离孩子们有点距离的一桌，我打好饭后选择跟他坐到了一起。

"这些孩子，是学生吗？"我问教官。

"这些都是'特殊班'的学生。"教官回答。

"什么是'特殊班'？"

"就是一群不学习的人，都是从广东抓回来的。"

"从广东抓回来？"

"这群孩子都是不学习的烂仔，早早跑去广东打工、混社会。但是都还在学龄，国家是不允许他们辍学的，就跑去广东把他们一个个抓回来。"

"谁抓？公安局？"

"哈哈哈，公安局不管，这是教育部门的事，教育局派人抓。控辍保学啊，户籍在这里的适龄儿童，都要抓回来上学。他们都已经出去混过社会了，就算抓回来，哪还能上学啊。但是我们不抓他们回来，国家就要抓教育局了。一个学龄儿童辍学，全县不得脱贫！"我再次听到了这似曾相识的概念。

"跑去广东抓回来，听起来好像好难吧？"

"难也没办法啊，这不都是一个个抓回来的嘛。你看那些流里流气的。"教官边说边看向孩子们那桌，"政府在他们身上要花好多钱噢！每个人就要这个数……"教官边说边伸出五根手指。

"五万？"

"五十万！"教官下巴一扬，潜台词是"想不到吧"！

我又倒吸一口凉气："真的假的？"我不了解这个教官，我猜他是在吹牛。

"你想啊，要派人去广东，要去找人，要带回来。带回来之后还要管他们吃，管他们住，还给他们买衣服、生活用品。要求就是不得离开学校。这前前后后一个人得花多少钱啊！"教官补充道。

"嗯，那是噢……"我点头表示认可，但我想的是这的确是不小的开销，可是一个人五十万我还是表示怀疑。不过不管多少钱，这事听起来也够荒谬的。

"他们上课吗？"我问。

"开始也让他们到班上课，但是一放到班里，其他人都学不了了，最后就不让他们上课了，在学校待着。"教官说。

"待着什么都不干吗？"我问。

"一楼有一间他们的'特殊班'教室，其实就是电脑机房。他们吃完早餐，就去那里打游戏。打完游戏，中午吃午饭，下午又去打游戏。吃完晚饭他们爱干嘛干嘛，不出学校就行。"教官回答。

"抓回来，待在学校里，就算'控辍保学'啦？"我问。

"上头检查就是对名单，人在就得啊。"教官答。

"还有这样的啊……"我又陷入了沉思，环江啊环江，到底还有多少神奇的事情等着颠覆我的认知。

"覃校长都愁死了。"教官把我从沉思中拉回来说道，"他天天给局长打电话，'局长啊，今天又翻墙出去了两个，还偷了别人电瓶车的电瓶卖了，别人抓他们回来找我，我怎么办啊……' '局长啊，今天又翻墙出去两个，现在找不见人，怎么办噢……'"教官边变着腔调模仿覃校长说话的口气，边自己哈哈笑着。

"哈哈哈……"我配合着笑了笑。

"哎，难搞噢……"教官笑过后，摇着头，叹着气。

了解完情况，我才顾上低头看一眼刚打的菜。"怎么还是酸菜炒牛肉？"我问。

"晚上都是吃中午剩下的,中午是什么晚上就是什么。"教官回答我。

"噢……"怪不得生菜更烂了。

第二天我吃完汤河粉便开始早上的工作了。四个班之前参加演出的孩子们被集中到了一个教室,我给他们示范了几个舞蹈动作。按照模仿的情况我给他们分了组。《秀才教子》选了三位男同学做演员,他们拿到了台词,我给他们分配了角色,让他们在其中一间排练教室里按照自己的角色熟悉台词,要求是读出对话中角色的语气。当然,我并不觉得他们能马上做到,但熟悉各自的台词,他们是自己先独立完成的。剩下的演员里面,我选了个头相当,动作稍微协调、优美的十二位女生来跳民族舞。为了不耽误时间,我让跳《奋斗》的男生女生们下午再到位即可,早上的时间我开始教授民族舞的基本动作。孩子们虽然没跳过舞,但是他们胜在够认真,学得比我想象中快。我在他们中间选了一个跳得最好的孩子作为小组长,帮我教会个别手脚不够协调的,我利用他们互助的时间,跑到隔壁教室,去指导小品《秀才教子》里面演员们的台词。两个节目的排练效率都算高,早上训练时间结束时,我对节目基本有了信心。

早上早读时间的训练结束之后,我便按照韦副校长的要求,为节目准备服装道具等物资。很快又到了午饭时间,让我震惊的是居然还是酸菜炒牛肉。

下午的训练时间是四点五十到五点半。准备工作完成得差不多了,在四中我有了更多的空余时间。我阅读了不少我的研究生导师布置的阅读书目,这本书的计划与构思也是利用这些空余时间完成的。我不禁感慨,能有自己的时间真是件幸福的事情。有句话说得好，"毁掉一个人最好的方法，就是让他忙到没有时间进步"。也有学者提出，最糟糕的管理，就是让员工没有了"思维冗余"。一句话，感谢支教经历。

下午四点五十，我准时在排练室等孩子们。这个时间，三个节目的演员都来了。民族舞队按照早上的要求练习基础动作，小品队按照早上的要求背台词，我用这个时间教《奋斗》的基本动作。教完后《奋斗》的演员们开启互助模式，我便走进民族舞教室教授新的动作和进行开头的走位教学。教完后交给小组长，放音乐，让她们自己练习，又跑到小品队开始教授走位和动作。如此操作，排练效率还是很高的，孩子们的排练热情也高涨了起来，孩子们在五点半的准时放学时间舍不得离去，他们围着我问了很多问题，"老师，你在这里待多久？""老师，你可以不走吗？"这些问题对我来说，是有些揪心的。

当我排练完，怀着忐忑的心情来到饭堂窗口的时候，看到里面的食物，我有点憋不住了："为什么今天晚上又是酸菜炒牛肉啊？"

"因为中午是酸菜炒牛肉啊。"窗口里的阿姨回答我。

"那为什么昨天晚上也是酸菜炒牛肉呢？"

"因为昨天中午是酸菜炒牛肉啊！"

"那，为什么两天里面，每顿都是酸菜炒牛肉呢？"

"牛肉不好吗？牛肉还贵呢！"阿姨反问我。

"牛肉好，只是顿顿吃，不太好。"我都要哭了。

"年底了，费用没用完，学校让饭堂挑贵的买。"阿姨笑着说。

"合理。"我默默地端走了我的酸菜炒牛肉。

也许是得到了阿姨的理解，第三天我没有在饭堂吃到酸菜炒牛肉了，我吃到的是酸菜炒猪肉。

一个月的时间转瞬即逝，我顺利地完成了自己的借调任务。整台节目呈现还算不丢人。在这期间，在我面前每天都飘过"红毛儿""绿毛儿""紫毛儿""没毛儿"的"特殊班"学生，我看过他们在走道抽烟，也看过他们宿舍堆着的空啤酒瓶，看着他们进出饭堂和写着"特殊班"牌子的游戏机房，唯独看不见他们的未来。

虽然舍不得四中的孩子们，但有一件事情还是值得开心的——再见了，"酸菜"。

"火锅"，我回来了！

第五章 创业维艰

"不一样的路，不一样的风景，重要的是不忘初心"

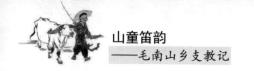

1."娘家人"来了

远方传喜报，我的"老东家"——深圳福田区水围小学的学校领导要带着班子来看我了。

都川街上没有什么像样的酒店，从深圳过来的客人都会被安排在离都川八公里开外的古滨河酒店，这里属于下寨村。酒店位于喀斯特风景区内，这个地方由私人老板承包开发，两座喀斯特地貌的大山中间，是碧绿色的古滨河。沿山修的栈道，是散步的极佳地点。天暖时，还可以在这里漂流。酒店是准三星，在川山片区算是住宿条件最好的了。由于景区人不多，酒店的性价比也是极高的。水围小学一行六人，刘锐娟校长、杨禹清副校长、黄结根主任和曲书英、李晨、罗娴咏老师，他们都还在从柳州到都川的路上。贲校长、韦校长和都川小学领导班子还有我，早已在喀斯特酒店等候多时。

贲校长生怕怠慢了客人，瑟瑟寒风中，一直在门外等着，没有进酒店大堂，我自然也在外陪着。

一个小时后，寒已入骨，终于见到了我的"娘家人"。第一个从车上下来的，是杨禹清副校长。杨校是东北人，性格直爽，一下来我俩就熊抱了起来。

"怎么这么偏啊，我的天呐，车子一边开我就一边想，这孩子，一个人跑这么偏远的地方来了……多让人不放心啊！"

114

杨副校长从来都是关心我的。她把这段话重复了好几遍，以表达对我的关切。

"这里挺好的啊，我喜欢这里。"我的真心话。随后我给杨副校长介绍了都川小学这边的领导们。说话间第二辆车驶入，刘校长从车上下来了，小个子，剪了一个和以前不一样的短发，让我差点没认出来。

"哎呀不好意思，不好意思，有点晚了，你们肯定等很久了。"刘校长一边往这边走，一边伸手跟贲校长握手。刘校长是认识贲校长的，在两个月前贲校长和几位老师到过深圳学习，同时也到过水围小学参观访问，两人是在那个时候认识的。

"哎，怎么样？"刘校长拉着我的胳膊，观察了我一下，"好像没瘦。"

"胖了胖了，我来了以后胖了五斤。"我回应。不论什么样的体型，长胖都是女生的伤心事。俗话说，心宽体胖，也不知道是因为菜太合口味，还是因为都川没有深圳的各种比赛压力，我比来时长胖了五斤。

"快进里面去吧，外面太冷了。菜都上桌了，一会儿桌上边吃边介绍。"贲校长在前引着路，带着大家往里走。这里的"菜"，瑞国校长早半天时间就亲自到酒店张罗了。而食材的搜集，则在几天前便开始。在兄弟家捞上来的山泉水大鱼，鱼龄有五年，只在有贵客来的时候才会打捞。农家土鸡，果园阉鸡，少不了的环江香鸭……桌上的食材大多是瑞国校长亲自寻来，然后再带到饭店加工的，这样既保证了食材的新鲜，也控制了招待的成本。瑞国校长为了这桌子菜肴没少费心。

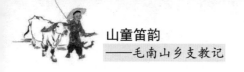
餐厅中式装修风格，吊顶很高，显得空间特别大，饭桌能坐下二三十人，中间是自动旋转式转盘，看起来特别阔气。估计架势超出了"娘家人"来前的心理预期，每位进来的客人都发出惊叹声。

"这个总务做得比我好多了！"黄结根是水围小学的总务主任，他开玩笑地说，大家都乐了。各自入席后，便开始了双方团队的成员介绍。介绍刚结束，餐厅突然一黑，断电了。不等大家掏出手机打开电筒，灯闪了几下，又来电了。我灵机一动，徐徐站起身说："是我隆重登场的时候了！"我边起身，边端起酒杯说。

看到"娘家人"来，自然是很亲切的，双方的见面缘起于我，我自然是想要先发言以示感谢。这种意外的出场方式，让我赢得了大家的笑声和掌声。

"首先，真的很开心。今天'娘家人'不远千里来看我，看到大家熟悉的面孔，倍感亲切。大家一路辛苦了！我对大家的到来，表示感谢。另外，我也跟大家汇报一下，请大家放心，我在这里生活得非常好，这里山好水好空气好，在贲校长、瑞国校长和都川大家庭的照顾下，我成功长胖了五斤。"大家又笑了，水围的老同事们开始仔细打量我，以判断我的话是否真实。我继续说道："来都川以后，大家教会了我很多东西，很多事来前我都不知道。比如，来前我不知道'贲'校的'贲'这个字，作为姓应该怎么读。"都川这边的老师们笑了。这个话，我实际是想说给刘校长听的。因为刘校长一直叫错，在我多次纠正后她依然坚持，倔强得很，于是我想在这儿特别指出一下。果不其然，话一说完刘校长就不服气，说她查过字典了。

我没太在意地继续往下说："都川的老师跟我讲说，公鸡蛋好吃，我说我从小就知道母鸡下蛋，到都川才知道，原来公鸡也下蛋啊！"大家都哈哈大笑起来。他们指的公鸡蛋，说的是广东叫"鸡子"的东西，我孤陋寡闻，确实不知道还有这道菜。当时他们说的时候，我一时没反应过来，结果还被春蕾笑话了老半天，在这里，拿出来自嘲一下，逗大家一乐。"我在都川，每天都过得充实和有意义。我收获了很多知心朋友，收获了很多感动。非常感谢在座每一位领导、老师对我的关爱和帮助。这第一杯酒，我敬大家！"说完，我拿起酒杯，一饮而尽。

第一杯为了相聚的欢乐，第二杯为了对都川的感谢，第三杯为了韦校长，第四杯为了唐丽花，第五杯为了覃勇军，第六杯为了川山的"宝宝"们，第七杯为了"爱笛生"，第八杯为……了，为了……我……自己……在座的每一位都不会知道，我那一杯杯一饮而尽的酒，每一杯都如吞下自己满杯的眼泪。

开心、感动、同情、伤感、委屈……在川山的见闻经历和来川山前的一幕幕，让我说不清自己真实的感受，在一幕幕回忆的画面中，我已不省人事……

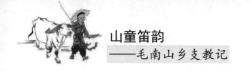

2.黑与白

一年前……

"刘校长，您找我？"我敲门进了刘校长的办公室。

"是小赵啊，进来。"刘校长边让我进办公室，边关上了校长室的门。这一举动让我感觉很反常，我有种不祥的预感。

门被关好，锁上。校长回到自己的位置上。"坐下来。"她对我说。

我心里打鼓，坐到了刘校长的对面。

"是这样的，小赵啊，昨天局里开了个会，排查了一下区里公职人员在外面创办企业的情况，你名下是不是有一家公司，你是帮人家代持的，还是你自己的公司？"校长很小心谨慎地说话，以至于音量很小，我要很认真才能听清楚。

"公司是我的，不是代持的。"我很坦白地说。

校长对我的理直气壮有点不能理解。她看着我，愣了一会儿，说："是这样的啊，公职人员创办企业，是不可以的。区里，也查到有四十几个人跟你是一样情况的。晚点，会有纪委的人过来了解情况。那么这个事情，为了不造成大的影响呢，我们也是被要求尽量不要让别人知道，所以，我也没跟别人说，就我跟你在这里沟通。等一会儿他们过来以后，我就让他们开会议室的门，你们进去聊一下。你也别紧张，他们就是问一下具体情况，应该也不会怎么样的。"

　　校长看起来很紧张，我甚至觉得她的表达都不像以前那么自在和流畅。我并没有任何紧张，我还是觉得理直气壮。"来调查是好事，想的就是他们来。我希望别人知道我都在做什么。"我把这话说出来，校长一定觉得我不可理喻。

　　"那你等一下，先回办公室，他们来了我再叫你下来。你跟他们说话，一定要态度好一点，要说知道错了。"这是校长给我的温馨提示。

　　错？何错之有？我心里想着，但没说出来便离开了校长室。知道了是为什么事，我并没有丝毫担心，因为我并没有觉得自己做错了什么。

　　大概半小时后，纪委的两位同志到了学校。同时我也利用这段时间，整理了他们可能会需要的相关材料。两位调查员和我一起进了会议室，门又被关了起来。他们两个人，一个负责询问，一个负责记录。负责记录的同志，进门第一件事情，便是打开了电脑。询问正式开始了。

　　"赵倩仪老师您好，我们是来自纪委的调查员，我姓郭，他姓李，这次过来的目的，刘校长已经跟您讲过了吗？"郭调查员用很套路的方式开始了他的询问。

　　"我知道了。刘校长已经跟我说了，我知道你们是来干什么的。我很高兴你们过来，我也希望你们过来，我希望更多人知道我在做什么事。"这个回答显然让郭调查员很意外，他抬头看了我一眼说："那你能跟我讲讲公司的具体情况吗？"

　　"我先给您看一样东西吧。"我掏出手机，打开了"我是爱笛生"的竖笛教学软件，又拿出了我准备好的演示竖笛，我给郭调查员展示了用竖笛控制软件的整个过程。李调查员也把

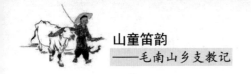

视线从电脑屏幕前移开，伸长了脖子，往我的手机屏幕上看。我边演示，边给他们介绍，用这个软件进行教学，可以让孩子们在短时间就能掌握这件乐器，解决器乐教学中的很多问题。

"这个看起来，是很有意思的，可是这跟你的公司有关系吗？"郭调查员打断我，问了一句。

"是的。这是我们公司开发的。"我回答，"故事要从2016 年的 3 月 5 日说起，那天是星期六……"

3. °创业沙拉°

"一个专门针对城中村房屋租赁的手机软件，基于 VR 技术的虚拟网络购物系统，SOS 一键紧急呼救装置，宠物美容 O2O 应用……"

这是深圳"创业沙拉"的活动现场，墙上贴满了各种奇思妙想。深圳是一座充满梦想的城市，自从国家提出了"大众创业，万众创新"的口号后，这座城市便经常举办各种创业大赛，为梦想搭建起舞台。

"这个比赛，什么人都可以参加吗？"我走到一个长条桌前的挂牌工作人员面前问。

"可以啊，这是大众海选，只要有想法，都可以参加。一会儿这些墙上的 Idea（点子），需要以现场所有人用贴纸投票的方式，海选出 20 个项目，可以进行现场组队，成功组建团队的项目，可以参加接下来的 52 小时'创业沙拉'比赛，用 52 小时把项目落地。"工作人员耐心地回答我。

"可是，我没有像他们那样做好的打印出来的项目说明，我只是脑子里有想法，怎么参加呢？"我动了心。

"写下来，贴到墙上去。"工作人员从抽屉里掏出一张空白 A4 纸和一支马克笔，推到我面前。

"一个基于音频识别的竖笛教学软件。"我在 A4 纸上写下了我设想了很久的主意。我的字写得不好，为了页面不单调，

121

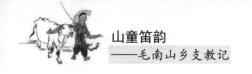

我在旁边画了一个吹竖笛的小朋友和一个电脑屏幕，再加了点装饰点缀。我把写完的"作品"拿起来端详了一番，满意地走到墙边，取下预留好的图钉，把我的"作品"贴上了墙。任务完成后，我得到了工作人员发的三张贴纸。这三张贴纸，一会儿需要贴在自己认为最棒的三个创业点子上。没过一会儿，主持人宣布拉票开始。由于我来参赛纯属意外，所以我还搞不太清楚游戏规则。只见主持人宣布比赛开始后，点子的主人们站在自己的点子前面，纷纷开始叫卖般大声地拉票：

"商品房租不起，村屋不好租，我们要开发一款针对村屋的手机软件，让人人有房住……"

"老人摔倒怎么办？遇到黑车怎么办？我们的 SOS 系统……"

由于所有人同时开始吆喝，我实在听不太清。我惊慌失措，还没有做好吆喝的准备，也没想好台词，我根本不知道还需要如此拉票，但是，总该做点什么吧，于是我也走到自己的作品前。

"支持教育就是支持祖国的未来！请投我一票吧！"我学着旁边对手的样子，指着墙上的作品，尽力地"叫卖"着。每喊完一句，我便将自己的一张贴纸贴在我自己的"点子"上，示意其他人也这么干，直至我的三张贴纸都贴在了上面（我当时不知道这其实是作弊，每人的三张贴纸是不能贴在同一个项目上的）。叫卖显现了些成效，我获得了来自其他人的贴纸，为了不破坏画面，他们还尽量贴在了边上，给我留出了吹笛子小朋友的完整形象。海选时间只有三分钟，工作人员敲钟后，所有人便离开了墙，各自分散地走到了会场中间。

"接下来我们按照贴纸的数量，选出二十个晋级项目，这些项目的创始人每个人有一分钟时间到台前来介绍自己和介绍项目，并且要在这个时间内，吸引到愿意加入你的项目的团队成员。成功组队的项目，在接下来的 52 小时内，团队成员们需要在我们提供的场地里面一起梳理商业计划书，做出产品 Demo（小样）。52 小时后，我们会在腾讯开放空间里面进行路演。届时会有投资人在现场担任项目评委，筛选出获胜项目。"

主持人一边介绍，工作人员一边在下面迅速将参赛项目各自的票数汇总，并将结果送到了主持人手里。

"获得晋级的项目有以下几个：一是 AR 虚拟现实购物，35 票；二是智能门锁，30 票……第二十个，是一个基于音频识别的竖笛教学软件，8 票。接下来，有请这些项目负责人按照顺序上来拉票组队，每个人只有一分钟时间，有工作人员计时。下面我们有请第一个项目……"

比赛的节奏很快，增加了比赛的紧张感。我的项目作为晋级的二十个项目里的最后一名入选了。接下来，我需要的是在现场找到愿意加入我的团队的人。很快，轮到我上台了。

"我是赵倩仪，是一名音乐老师，我想做一个用竖笛控制的互动教学软件，帮助孩子们在游戏中学会吹竖笛。我是全场唯一一个教育项目，支持教育，就是支持祖国的未来，愿意加入我团队的小伙伴，我可以送你们每人一把竖笛，还可以负责教会你们吹。"我的拉票完毕，成效是，当我走下台时，两个男生向我径直走过来说："你的项目挺有意思的，我们加入你的团队。"两个男生是一起来的，说话的叫超哥，戴着眼镜，四十岁左右，样子看上去比实际年龄小，长相斯文，穿着卡其

色运动休闲衫、牛仔裤。另一位穿黑色上衣的叫阿星，也是休闲装扮，在旁边微笑着没太吭声。他们俩是特地从广州过来参加这个活动的。没想到，我的这个创业团队就这么组成了。我们达到了团队人数三人的最低要求标准。入围的二十个项目里面，只有十六个成功组成了团队，剩下的因为没有凑够三个人，项目将不能继续进行。有些煽动力强的创始人，加入者非常多，一个团队有十几个人。我们又成了垫底入围的最后一名。

接下来，各入围团队被带到了组委会安排的联合办公室。联合办公室是创新时代里的新兴产物，办公室占地面积非常大，设计感强，除了办公的卡座、工位外，里面还有公共会议室、健身房、洽谈间、游戏间、淋浴室和咖啡茶水吧。创业者如果只有一个人，一台笔记本将是他所需要的全部办公用品。联合办公室可以极大地降低创业成本，一个卡位的租金还不到千元，费用涵盖了电费、网费、水费、管理费等全部的开支，是创业者和初创团队的极佳选择。每个小组都找到了办公室里适合自己的位置，开始了 52 小时的"临时创业"。在这 52 小时里面，大家需要做出产品的 Demo，并且做好路演的准备。

"超哥，阿星，你们会不会做 Flash（电脑动画）？"我们三个人里面没有正儿八经的开发人员，我是项目负责人，于是我像模像样地，跟组员商量起来。

"真实的音频识别，我们没有办法做出来，但是，我们可以假吹，把我的想法呈现出来。你们看，我的想法大概是这个样子的……"我拿出纸笔，把我脑海里构思了无数遍的竖笛教学软件设想，在纸上画了出来。

这个点子，其实起源于一个叫"A Ha"的声控游戏，这个游戏是通过游戏者的声音控制的，发出"A"的声音时，小飞机就会往上飞；发出"Pa"的声音的时候，就可以让小飞机发出子弹。在我第一次看到这个游戏的时候，就在想，如果可以把这种声控游戏用在竖笛教学上，一定会很有意思，于是，便开始了竖笛游戏的构思和设想。由于我以前是学物理的，我相信两者原理相同，并明白这是可以实现的。我甚至尝试过自己学习写软件代码，最后我还真的成功地用代码敲出过一个可以正常在手机上运行的手机游戏。只是，简单的游戏离实现我开发竖笛软件的设想还距离太远，我已经有一年多的时间没继续琢磨这件事情了。今天偶然参与的这个比赛，让我又重新拾起了脑海中的构思，我沿着以前的设想和思路，用我擅长的图画方式，给我的组员们讲解起来。

"画面就是这样的，如果用 Flash 把游戏界面做好，用动画的方式做好小鸟的飞行轨迹，大家就会清楚我们的软件有什么用了。"我画好简单的游戏界面，并跟大家说。

"Flash，我略懂一点。我可以做，但是需要有人画图。"阿星说。

"我来，我可以做美工的部分。"我画画可以，也懂一些PS技术，我要求来负责美工的部分。

"那我就来负责路演的PPT部分吧。"超哥说。

每个人都有了自己的分工，于是大家便分头忙碌了起来。说起来简单，做起来难。对于 Flash 软件，阿星只是略懂，用动画的方式实现，卡音乐节拍是难点。我们没能找到快速有效的方法，所以耗费了大量的时间反复听，又手动调整，靠的是

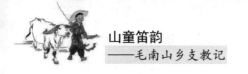

死磕的毅力。直至晚上十二点，我们仨才舍得各自回去休息。
第二天上午九点，我们又准时聚到了一起。我遵守了自己的承诺，给他们俩都带了一把竖笛。软件呈现部分已经差不多了，今天的重点是商业模式的梳理。作为老师的我，对这个领域是一窍不通的。超哥主动要求负责路演PPT是有原因的，他对商业模式相对熟悉，于是超哥开始对我进行了商业模式上的教学。

"先讲需求。需求一定是真实需求，不能是伪需求。真实客户需求，也就是我们常说的痛点。有痛点之后，就可以讲你的解决方案。能够解决痛点的项目，就是有商业价值的项目。"超哥耐心地跟我讲解，同时他的专业程度让我对他的真实身份产生了好奇。起初我问过他，他只回答，等比赛结束之后再告诉我。

"前面都清晰了的话，接下来就是盈利模式了。"超哥说，"这块你自己有什么想法？"

"盈利模式？"这个问题确实难住我了，我没有想过盈利模式。我只知道，学生有了这个，学习起来会很轻松愉悦。"我不懂，你有什么建议吗？"

"如果真的没有什么盈利模式的话，就可以告诉投资人，盈利模式暂时还没想好。但是产品可以做起客户群，给投资人一些想象空间。"超哥补充。

"所以，我就说，暂时没有想到好的盈利模式？"我追问。

"是的，你可以诚实一点这么说。投资人自己有更多的盈利模式方案。他们也许可以提供给你建议，而不需要你自己在不知道的情况下乱说一通。"超哥解释道。

演示、试讲、修改、完善……我们几个，在短短的 52 小时里，对于眼前的创业项目，投入了自己的全部热诚，有时候我们忘了这是个比赛，感觉我们真的是在创业。

不知不觉中就到了晚上的路演时间，路演场地在腾讯大楼下面的腾讯开放空间。进门后，我们抽签决定了出场顺序。有幸参与路演的十六个项目中，我们第十二个上场。这是个不错的序号。

路演开始了，每个项目有八分钟的时间。八分钟时间内需要介绍自己，讲清楚自己的产品，解决的问题，整个商业模式设计，等等。讲解完毕后，评委可以提出对产品或者项目的疑问，由创始人来解答。一些里面有程序员的团队，真的在 52 小时里做出了产品小样。我们没有技术人员，做的是呈现结果，所以多少感觉有点心虚。评委问的问题大多比较刁钻，也出现过创始人无法回答，尴尬离场的情况。

"下面我们有请第十二个项目，'爱笛生'竖笛教学软件。"主持人报幕完，我怀着比参加市里的公开课还要紧张十倍的心情，边演奏边登上了路演台。"爱笛生"这个名字是在路演前，阿星想出来的，我们都很喜欢。阿星会在路演时负责根据我的讲解进度播放 PPT，超哥则拿着竖笛，做好吹奏演示的准备。竖笛入门很简单，超哥之前只用了不到二十分钟时间学习。边演奏边出场的方式使得原本已疲惫的评委和观众们打起了精神。

"大家好，我叫赵倩仪，是一名小学音乐老师。大家不要小看老师，马云曾经也是一名老师。"现场迎来了笑声和掌声。

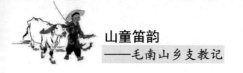

　　"我所在的学校，是一所城中村小学。学校里的孩子不能跟真正意义上的城市里的孩子一样，在外面学点钢琴、小提琴。他们家里经济条件的拮据情况，可能超出大家的想象，音乐成了他们遥不可及的奢侈品。今天，我和我的团队，给孩子们开发了一款用于乐器学习的软件。"我举起手中的竖笛介绍道，"这件乐器叫竖笛，它是世界上最廉价的乐器，没有之一。我希望能用我们研发的这套软件，让中国的孩子，不论富贵贫穷，都有机会享受演奏音乐带来的快乐。接下来，请看我们的产品演示。"

　　阿星播放起我们"奋战"出来的 Flash 视频，超哥根据画面的变化吹奏起来。因为我们没有做出真正的声控产品，所以只能给大家看一个大概的呈现方式。

　　"这个好玩！"不知道谁在下面喊了一句，顿时全场哗然，响起了一片掌声。

　　"其实我们的音乐课本里面都有竖笛的内容，但音乐老师们大多不会教。有了这个软件以后，老师们就可以大胆地把这件乐器教起来了，甚至可以跟孩子们一起跟着游戏学。我只是个老师，我不懂盈利模式，但我知道这个软件可以带给孩子们快乐，提高孩子们的音乐素养。我和我的团队，有着一个小小的愿望，我们希望通过'爱笛生'，让音乐属于每个孩子！"

　　台下掌声雷动，直至主持人讲话时才平息。

　　"接下来是提问环节，请评委针对项目提问。"主持人说。

　　"你说音乐课本里有，是几年级？"评委问了一个和商业模式无关的问题，让我喜出望外。

　　"小学三年级到初中二年级都有。"我回答。

评委抬头看着我，点了点头说："挺好的，挺好的。"

作为全场唯一一个掌声雷动的项目，唯一一个评委点头认可的项目，在全部项目路演完毕后，我们听到了主持人宣布："第一名，'爱笛生'竖笛教学软件！"

我们得到了鲜花、掌声、小金人奖杯、六个月联合办公室的免费使用权，还有一张意向合作公司的名片。

各自离开前，超哥跟我说了他的真实身份，他是理想办公空间"We Work"的联合创始人，阿星是他的助理。"We Work"在全球三十三个国家已建立了六百多个办公空间。他是一位非常成功的创业者，怪不得讲商业计划书的时候如此专业。

4.避坑

　　回到家，我把小金人奖杯放在了我最爱的钢琴上。52小时，我仿佛进入了另一个世界，一个跟教育完全不一样的世界。这里充满激情，充满未知，充满奋斗的力量和成功的喜悦。在回味中，我激动的心情久久未能平静。

　　"赵老师，我和阿星已回到广州。我想要表扬一下自己看人的眼光，在你上台的短短一分钟里，我就知道你可以。你的项目真的很不错，我期待着你把真正的项目落地的那一天，也欢迎你来广州找我们玩——永远的'爱笛生'成员超哥、阿星。"

　　比赛结束的第二天早上，我收到了超哥的这条微信。一个一年前被放弃了的想法，因一次意外的比赛重新被激活。回想起过去那难忘的52小时，欲望的烈火燃烧了起来。我迅速拨通了昨天递给我名片寻求合作的繁星互动娱乐公司的电话。

　　"您好，我是赵老师，昨天您给我一张名片，说您是……"

　　"哦哦，赵老师，对对，您好！是的，我们是游戏制作公司，昨天看了您的路演，您的想法我们可以帮您做出来。"对方没等我说完便解释道。

　　"那我需要付费吗？"

　　"不需要付费，我们可以项目合作。您可以到我们公司了解一下，我稍后把公司地址定位发给您，昨天我也加了您的微信。"

"好的，但是可能要等我下班后，我还在学校上班。我过去了，你们会不会就已经下班了？"

"我们这边六点下班，您晚点也没事，我们可以等您。"

"好，那就下午见。"

"好，下午见。"

下午下班后，我跟着导航，来到了繁星互动所在的南山区瑞海创业中心大厦。繁星互动位于大厦的 13 楼。出来迎接我的，是昨天递给我名片的公司商务副总监王宇。

"赵老师您好，昨天我们见过，您叫我小王就可以了。这位是我们公司的运营总监，杨峰。"王宇向我介绍道。他口中的运营总监看起来年纪非常小，一副刚毕业的小男生样貌。

"赵老师您好！"

"杨总您好！"这个称呼从我嘴里叫出来，总是觉得有点别扭。

"昨天我们派公司小王去路演现场寻项目，他回来反馈说您的项目很不错，我也从他那大致了解了一下。我们公司自有开发人员，也有投融资资源，现在就需要好的想法和点子，只要有，我们都可以合作，一起把项目落地。来，我们到楼上办公室详谈吧。"杨总示意我从左边楼梯往上走。公司是跃层设计，楼下目测十五人左右，正在卡位上办公。从电脑屏幕上黑压压的代码可以看出，他们都是程序员。我按他们的指示上了二楼，二楼是他们的行政办公区域，办公室用透明玻璃隔间隔起，不太大，简约风格设计，俨然一副当今互联网创业公司该有的样子。总经理办公室里的茶桌看起来比较老式，放在这里

显得有些违和。我们都围坐在茶桌前，杨总一边泡茶，一边跟我交流起关于项目的具体想法。

两个小时过去了，他们想要的合作方式是这样的：

我和繁星公司共同出资成立一家新的公司。我出资 80 万，占股 80%；繁星出资 20 万，占股 20%。这 100 万的启动资金将用作开发人员的工资、课程录制、音乐制作、行政运营和办公室租赁的全部费用。

繁星会运用自身的资源，在游戏中导入现有的成熟 IP 形象，借助 IP 对软件进行推广，并会请 IP 方注资，使公司进入投融资轨道，借助资本力量帮助公司发展。

生产出非国际标准音高的竖笛，使得软件搭配的乐器，只有我们的竖笛可用，其他均不可用，从而独占教育市场，建立保护式盈利模式。

我离开时，夜已黑。我拒绝了与他们共进晚餐的邀请，带着希望落空的巨大失落感，开车回到了家。

商业和教育，仿佛是两条不可相交的平行轨道。作为一个教育者，我承认自己无法接受眼前的商业化运作模式。音乐中每个音的赫兹数如果因盈利需要而改变，对孩子来说将意味着放弃真实的绝对音感，这是我绝对不能接受的条件。至于第一条，细想起来也是有问题的。超哥帮我印证了这点：

"他们是想空手套白狼。说是他们投二十万，但后面又以发技术人员工资的名义把投的钱拿回去。把项目包装好以后，手上白得的股份一卖，赚一笔大钱。这种合作可以帮你启动项目，但是风险太大了。价值观不一样。"超哥在电话中给我分析了这个看似合理实际满是陷阱的合作方式。

　　"是哦，我也是这么想的，总觉得哪里不对劲，你这么说我就清晰了。我还以为项目真可以落地了呢！没想到是个坑。哎，看来，真实落地不容易啊。不过即使不是坑，我也搞不了，我没有八十万，哈哈哈……"笑里透露着我的失望至极。

　　"对了，深圳那边有科创委的项目申报，你要不要试一下？官方有无偿资金支持。我是在朋友圈看到的，我发链接给你，你可以看看。有不明白的，再给我打电话。"

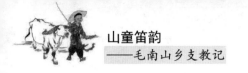

5.项目申报

"《深圳科技创新委员会'创客创业'项目申报指南》",
这是超哥发给我的链接标题。打开链接后,我逐字逐句研读了
申报内容。

申报条件显示,可以是个人申报也可以是公司申报。两者
均需要提供项目书、项目可行性报告、项目时间规划表、财务
预算报表等一系列资料。资料递交有两个流程,第一是在网上
填报,第二是到市民中心办事窗口递交。在资料递交后,由人
才库专业评审来进行评定,入围者需要携带项目说明,到科创
委现场答辩,极少的幸运儿能通过答辩,跟科创委签下无偿资
助协议。政府的资助资金将全部在监管账户管理,每笔钱的支
出和使用都会受到严格监控。研读完毕后,我感叹了一下其流
程的复杂性。而欲望的火焰,把所有的"难"都烧成了灰,我
决定一试。

写项目书、可行性报告,做答辩PPT,准备费用规划说明,
大量的表格、文字……一个月时间,除在学校的教学任务、比
赛任务、演出排练任务外的全部时间,我都用于忙碌项目申报
的各种工作。在此期间,我参考了大量曾经成功的申报案例,
研究了项目实现的各方面相关技术论文。在项目申报截止前的
几天时间,我终于完成了网上和窗口的项目申报提交任务。

近六米层高的大堂内,有着冰冷的纯白大理石中庭,四周轮候椅以团队为单位,大家规则就座。引导员不定时到轮候区引领项目团队人员进入指定会议室进行项目答辩。这便是深圳科技创新委员会"创客创业"项目申报的答辩现场。

三分钟抬头看一次中庭的挂钟,坐在沙发上总觉得手脚无处安置,空气中的紧张气息让我感觉自己处于持续缺氧状态。环顾四周,西装革履的竞争对手们无不给我以压迫感,毕竟这类教师行业以外的"竞选",对我来说太陌生。巨大的"未知"使我这个从不怯场的教师无法不胆怯。

"你好,你们团队是什么项目啊?"旁边一同来参加项目答辩的 CEO 问我。知道他是 CEO,是因为观察到他左胸的职位牌。他们团队坐在旁边,一共有三人,都穿着统一的西装制服。

"教……教育……"真不敢相信,我居然结巴了。

"我们是做环保项目的,无公害水溶性环保电池。"他的表达真自信,我向他投去了羡慕的眼神。

"你们团队多少人啊?"他继续追问。

"呃……你们呢?"天呐,我怎么好意思告诉他,目前,只有我一个人。我只好反问,让自己有点思考的缓冲时间。

"我们团队刚起步,目前才两百多人,现在总部在深圳,上海还有一个分公司,今天答辩我们来了三位代表。"

"才起步,就有两百人了呀……我们,我们还没起步。目前,才……三个人。"我算上了超哥和阿星。

"哈哈哈哈……"他大笑了起来,"好吧,祝你好运。"

好一个意味深长的大笑,我感觉自己被蔑视了,感觉不太好。这对话非但没有减缓我的焦虑,反倒是让我觉得更加不自

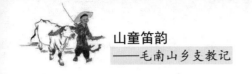

山童笛韵

——毛南山乡支教记

信了，我甚至有点后悔自己的不自量力，眼睛不自觉地开始瞟向大厦出口的落地玻璃门。

没过多久，"电池项目"就被叫号，进了答辩场。下个就是我了，此时我感觉胸腔内只剩一个脏器，便是那颗无法被安抚的心脏。

"三十二号，'爱笛生'项目在吗？"引导员左手持蓝色板夹，右手握着签字笔出来叫号了。

"在这儿！"我应完站起身，连续做了好几个深呼吸，跟着引导员进了答辩会场。

答辩会场是一个能坐二十人左右的小会议室，会场内椭圆的会议桌前，单侧坐着五位评委，手上应该还在看着上一个刚答辩完的项目的纸质材料，时不时低声相互讨论和商议，手上填写着估计是项目评价之类的表格。而与此同时，引导员引导我将答辩PPT拷贝到电脑上，做好答辩前的准备工作。

我的准备工作已就绪，紧握着翻页笔，站在投影一侧焦灼地等待评委让我开始的信号。没过多久，工作人员收走了评委们手中的表格，同时将新的资料下发到各评委的手中。如无意外，他们拿到的正是我前期准备了一个多月，近五万字的项目说明材料。

"您好，首先恭喜您通过了第一轮的资料审查，来到我们的项目答辩环节。接下来请在十分钟之内，介绍一下您所申报的项目概况。在介绍完之后，将由评委针对您的项目进行提问，下面请开始。"说话的是评委中坐在最边上的最年轻的一个。他语速缓和，表达亲切，极大地缓解了我的焦虑情绪。

"好的。各位专家评委，大家好！我今天所申报的项目，是一个教育类项目。这个项目的申报是基于我自身的教学经验中的教学痛点，运用创新科技手段使之得以解决的项目方案。接下来请先看项目应用场景的视频……"现存痛点、软件界面、应用场景、技术手段，我在原来路演的基础上，增加了技术实现相关的内容。这块内容的准备，也得益于我原来的物理和信息技术知识基础。十分钟时间，我在介绍项目的同时，评委们边听边翻阅我的项目材料。由于他们的目光没有在我身上，在讲解过程中，我感觉表达越发自如，有时甚至觉得自己回到了教师身份，在座的都是学生。教师的经验也造就了我很好的时间把控能力，在有限的时间内我已将项目非常清晰地介绍完毕了，接下来便是我最担心的提问环节。

"接下来是提问环节。请您讲解一下，您项目的创新之处。"

"感谢提问。我申报的项目的创新之处在于，目前市面上的器乐类教学软件，大多通过 MINI 信号传输识别，主要针对的乐器有智能钢琴、智能吉他等，这类产品要求有 MIDI 信号功能的硬件设备。而我们的项目是基于计算机音频识别与分析计算，针对的乐器为普通类乐器，无须有 MIDI 信号发射能力，这样可以降低客户成本。我们针对的乐器是价格非常低廉的普及型乐器——竖笛，目前市场上并无同类产品。硬件成本的降低，将增加市场受益面，让学生或者音乐爱好者，都可以更低成本地以愉快的方式学习音乐。无论从乐器品类，还是技术实现方式上，我们都是具有创新点的。"虽然答辩题目全部都是

未知的，但前期做的大量资料申报筹备工作，让我对项目落实过程的技术理论相关知识都有了积累。

"好的，谢谢。接下来请您说一下，技术实现手段上，你们现存的技术难点和你们准备攻克的技术实施手段。"这是第二题。对于一个音乐老师来说，是很有难度的，好在我有点物理底子。

"感谢提问。我们现存的技术难点在于，软件实现的真实应用场景中，在有伴奏音乐的情况下，音频识别过程会有真实乐器和伴奏的音频混淆问题，这将导致真实乐器的识别率降低。我们预计攻克的技术手段，是运用音频的反向频谱主动降噪技术抵消背景音。此技术最早应用于战斗机的耳机上，其过程是计算机拾取真实环境音，再将环境音通过计算机处理成反向波形频谱播放，双向波形相互抵消，以达到环境音静音的效果。而我们将运用此技术，用真实乐器识别结合伴奏音乐反向波形抵消降噪的方法，提高真实乐器音频识别率。此技术的运用，将使我们的音频识别软件处于国内首创和领先地位。"我回答下来了。我舒了一口气，心中默默地感谢了一下上个月彻夜努力做足功课的自己。

"好的，谢谢。最后一个问题，请您说一下，后期研发成果的保护问题。"

"研发成果保护方面，首先我会与研发团队人员签订技术研发保密协议。其次是针对技术实现过程，将在第一时间申请发明专利，针对应用软件、管理平台等也会及时申请软件著作权，以这些方式来保护研发成果。"从评委们的表情上看，我应该答得对题。

　　"好的，今天的全部答辩环节完毕，您可以回去了。最终的项目评审结果，会在科创委官网上发布，您后期关注留意一下。"评委宣布答辩环节结束，表情依然是温暖、和善的。

　　"好的，非常感谢！"我双手合十，向评委们鞠了个躬，离开了答辩场地。

　　踏出大厦那扇我无数次想要出逃的玻璃门时，胜利的空气扑面而来，我顿时感觉身轻如燕，仿佛行走在云端。这个"胜利"，指的不是项目通过，而是今天，我没有输给自己。

　　人生，不只有一场一场与他人的较量，更多的时候，是自己与自己的攀比。若干年以后，我定会感激今天的自己，选择的是尽最大的努力去克服与坚持，而不是怯懦地逃跑和放弃。

　　答辩后大约一个月时间，评审结果在科创委官网公布了。"爱笛生"竖笛软件项目，成为两千多个申报项目里，那8%获得深圳科创委资助的创客项目之一。

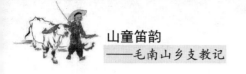

6.初心

　　"所以公司就是这么注册起来的。我后来用了政府给我的四十万资金，加上自己的全部积蓄把软件开发出来了。这个过程也很曲折，细节我就不说了。我已经有两年的时间没有午休和双休了，开发软件是一个巨大的工程，因为资金不充裕，所有没钱请人的岗位我都自己顶上。我自己写曲子、做 MIDI 录入，甚至自己做美工。做出来之后，我就在学生身上实践看看是否真的实用。而结果，反响是极好的。现在我们全校，都是音乐老师们用软件教竖笛的，他们之前一点也不懂竖笛。我们还做了千人竖笛的展示。我这里有政府资金申报的材料，您可以过目。千人吹的视频在手机里，你们也可以看看。还有一些我在外面做分享会、讲座后老师给我的留言，您都可以看看。"我拿出手机，把准备好的材料给郭调查员看。

　　"赵老师，您好，我是一名舞蹈专业的老师，学校让我们开展器乐教学，我真是无从下手。看了您的分享，我觉得简直是看到了救命稻草！感谢您为孩子们做的一切！谢谢您！"

　　"赵老师，真没想到竖笛还可以这样教！我今天真是开了眼了，孩子们一定会喜欢！太棒了！"

　　"学生肯定会喜欢这样的教学方式的，今天真是没白来！回去就试！"

　　随着手机的滑动，一个个老师的真实反馈截图展现在我们三个人面前。

　　"这些都是老师们在分享会结束后给我发的微信留言，我每个都截图留存了下来，以作为坚持下去的动力，并慰藉自己的无数个起早贪黑的日子。"我一边讲，一边感到心里异常的酸楚，"我其实是希望你们来的，因为你们不来就没有人知道我在做这些事情。我并不认为我做的是错事。2017 年中华人民共和国人力资源和社会保障部出台《关于支持和鼓励事业单位专业技术人员创新创业的指导意见》，"我边说边把打印好的文件拿出来递给了郭调查员，"里面有写，事业编制人员是可以在岗或者离岗创业的。我们公司的软著权已经有七项了，发明专利也有一项。我实际是在响应国家政策，做着在岗创业的事情。文件解读我也附在后面了，里面提到教师里面不限于大学教师。也就是说，我作为小学老师也应该是可以在岗创业或者离岗创业的。只是我问过校长，他们都说没有这样的政策，也没有这样的先例。"

　　询问已经到了尾声，我在他们打印出来的询问资料上签了很多字，盖了很多手印。"画完押"，李调查员已经开始收电脑，我们也都起身。

　　"赵老师，您的情况确实很特殊，我们一定会尽量具体地反映给上层领导，但是怎么处理还是需要上面决定。"郭调查员边说边和我握手，态度已经没有了刚进门时的强硬。

　　"赵老师，我觉得您当老师浪费了，您要是直接下去做企业，说不定能做得更好。"这是李调查员开口说的第一句话。

　　我笑了笑，没有回应。他不懂我对教育事业的热爱，同时我也害怕做企业会丢了做教育的初心。

　　我送两位调查员到了楼梯口，两个人分别跟我握手道别。两个人都对我说了同一句话："赵老师，坚持下去！"

　　创业就是这样，从"地狱"到"天堂"，再从"天堂"到"地狱"，都仅需刹那。世界也总是这样，是非黑白，仅因为自己所站的位置不同。对于我，无须他人的评说，只要自己能明晰自己前行的方向便是幸事。我相信自己带着使命而来，一切的际遇都是上帝最好的安排。

　　一周后，我收到了《关于赵倩仪同志免予处分，给予诫勉谈话》的处理结果。

第六章　物换星移

"生长与变化，是一切生命的法则"

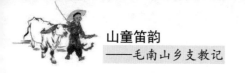

1.打开心门

"咚咚咚——"

迷糊间我被敲门声吵醒，起身时发现自己竟光着身子，随意伸手抓了件能够着的衣服套上，拖鞋一只在跟前，一只跑得老远还翻着个儿，站起身才发现脑壳子巨沉，门外的敲门声还在继续，让我越发着急，

"赵老师……起来了没有？你还好吗？"门外是春蕾的声音。

"来了，来了……"我边提裤子边赶往门口去开门，脑子一片混沌。

我自觉衣冠不整，只把门打开一条缝。只见春蕾在门口端着一口锅，旁边是重棉，手上拿着一罐蜂蜜。她们看到我感觉舒了一口气。我见没别人，便把门打开，招呼她们进屋。

"赵老师，你酒量可以呀，昨天晚上喝了不少啊！"春蕾端着锅进来，把锅放在了我客厅的小茶几上。又把我宿舍里仅有的三个小板凳放在茶几旁边，我俩先坐下了。

"赵老师，你家开水在哪儿，我给你冲点蜂蜜水，解解酒。"重棉说。

对，酒！天呐，这浑浑噩噩的感觉，是昨天喝多了，实际上后面发生的事情，我都记不清了。

　　"现在几点了？我昨天咋回来的？我咋都想不起来了呢……"我一脸疑惑地问。重棉从厨房出来，把冲好的蜂蜜水递到我手里，她和春蕾对望了一下，大笑了起来。

　　"真不记得了呀？昨天你喝了好多哟，到后面一直喊着要酒，后来韦校长说不能给你喝了。你不记得了吗？"重棉帮我回忆着，也坐下了。

　　"不记得了，"我摇头，"那我是怎么回来的呢？"我抿了一口蜂蜜水，又暖又甜，真舒服。

　　"我开车把你载回来的呀，"重棉说，"然后我们两个把你扛上楼的。"

　　"啊？你们两个？这小身板儿，还能把我扛上楼？"

　　"你还能走啊，只是走的是 S 形，然后还不让我们扶，让我们看你走直线，说你能走直，结果就走着 S 形往前进。左一下栏杆，右一下墙壁，撞着上的楼。"

　　"啊，我自己撞着上来的呀？怪不得胳膊疼呢。"说起来，好像是有那么点印象，后来的酒，都是我自己讨着喝的。"哎呀，你们应该阻止我的，我其实一点酒量也没有。我现在脑壳子还晕，差点都想不起自己是谁了。"

　　春蕾和重棉都笑了。"看你昨天高兴嘛，'娘家人'来了，喝多点没事。我做了螺蛳煲鸡，我跟重棉说过来看看你起来没有，一起吃，很开胃的。"

　　"你们真好。"一杯蜂蜜水下肚，我感觉舒爽多了，脑袋逐渐清醒起来。我自然记得自己为什么喝了那么多的酒，也记得跟谁喝的酒。在外人眼里，是因为开心，只有我自己明白那种无以言表的百感交集。

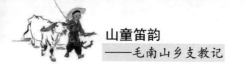

围着这锅美味的螺蛳鸡，我们边吃着，春蕾和重棉想听我讲讲有趣的事情，我便开始讲起了自己的旅行经历：

"有一次，因为机票便宜，临时决定跟个闺密去菲律宾玩。是秒杀的亚洲航空的票，往返机票加燃油费才三百多块钱人民币。"

"三百多块钱往返机票？怎么可能？"

"是的呀。廉价航空，有些时候会有这种秒杀票，抢到的话真的很便宜，然后我们就去了。在菲律宾，我们包了一条'螃蟹船'，就是船两边伸出好长的脚，这样即使船小，在海里也不容易翻，我们准备坐它去不太远的巴里卡萨岛玩，讲好的价钱是两百块人民币一个下午，结果上了船才发现被骗了。"

"怎么呢？"

"船把我们拉到巴里卡萨岛附近就停下来了，然后船长拿出一张像海报一样的图。岛上分别位于东南西北的四个地方有不同的风景看，有的可以看珊瑚，有的可以看小丑鱼，有的可以看海龟，还有可以看大断层的。然后船长就跟我们说，每看一个地方就要再加八十块钱。其实后来我们了解到的是那边都是这规则，大船不让靠近，要看那三个点儿就要换乘岛上的小船过去。可是当时我们觉得被骗了，因为刚上船的时候又没说清楚，走了一半，在海中央了才拿个单子跟你说，进退两难，感觉上了贼船一样。"

"那怎么办？"

"后来琢磨来琢磨去，我们想都看完，可是又不甘心被宰，就问船家有没有别的办法。船家说，有，但是还没人这么干过，就是绕着岛自己游一圈儿。后来我问船长游一圈有多远，船长说大概 4 公里。他说的时候有可能是开玩笑的,但是没想到我们两个女孩子胆儿那么肥,真的跳下船就开始绕岛游了。当然,我们借了他的救生衣,还跟他租了脚蹼。"

"啊?你们真的用游的呀?"

"游啊,从上午十点游到下午四点。"

"你们也太厉害了吧!"

"我们戴着浮潜镜,绕着岛慢慢游,想看的几乎都看到了,实在太美了。当然,中途我们饿了,大概快两点的时候我们游到岛上吃了个午饭。老板娘一直问我们船在哪儿,我们说我们没有船,老板娘很惊讶地问,那你们怎么来的?我们告诉她,游泳。"我边说边做着游泳的动作。

"哈哈哈哈哈哈……"

"吃完我们继续游,游到大概四点的时候,我们那条船来找我们了,他们大概是害怕这俩女孩儿会出什么意外吧,就绕着岛找了一圈,还问了餐厅的老板娘有没有看到两个穿黄颜色潜水服的女孩儿,老板娘告诉他们我们往那边游走了。后来他们找到了我们,并告诉我们这个时间该返程了,问我们还有什么没看到的,船长被我们的精神打动了,要免费带我们去看。我们说就剩下大海龟没看着了,船长把我们带到一个地方,跳下船,我们真的看到了成群的海龟,此行完满了。"

"你们不害怕吗?不会有鲨鱼吗?"

"我们游的路线离岛近,都是浅滩,不太深,不会有鲨鱼的,就是游下来有点累。不过回想起来,这样的经历还是很有趣的,应该不会有别人这么干了。我们属于前无古人,后无来者。"

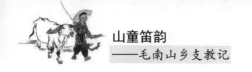

　　这些经历对重棉和春蕾来说肯定是新鲜的，所以她们听得很开心，我就继续说下去："再说说我第一次去日本滑雪吧。我们之前都没滑过雪，第一次就到了北海道富良野滑雪场。去了才知道教练是要提前约的，所以当天没有约到教练。这下好了，完全没有经验的两个人到了一个硕大的滑雪场，装备什么的租好了，我们都不知道接下来要干什么。问了半天才知道要买缆车票。其实那时候也不知道缆车票是干什么的，就看有一次票，还有多次票。一次票的话是八十块人民币，无限次往返是两百块左右，我们觉得应该是无限次往返比较划算所以买了个无限次往返的票，然后还选择了一个难度最低的赛道。结果，我的妈呀，缆车到了顶上，你根本毫无准备，就只能往山下滑呀，根本没有地方给你停留。那个坡度说是难度最低，简直是让人怀疑人生。最重要的是滑板落了地越来越快，你也不知道怎么让它停下来，要它停下来真是全靠摔呀。觉得太快了就让身子往下一倒，摔在地上才能停下来。这好不容易停下来了吧，问题又来了，摔下去之后，根本没办法站起来。把鞋脱了吧，一不小心鞋子就开始往下滑，你还得去追鞋子……整个过程就是滑行一分钟，摔倒刹车。再用二十分钟艰难地爬起来，再滑一分钟，再摔倒。所以我们不是去滑雪的，完全就是去'滚山'的。"

　　"哈哈哈哈……"春蕾和重棉听得津津有味。

　　"有一次摔倒，遇到一个超帅的帅哥，一个滑行，快速到我面前刹住车，问我需要帮忙吗？然后就伸出手来把我拉起来。哇，我抬头仰望着他，他真的好帅，头上像是有光环呢！他把我拉起来之后，'咻咻咻'就滑下去了。他虽然把我救起来了，可是我还是得继续摔着下去啊，那帅哥应该是第二轮滑行了，发现我又在地上了，他又滑到我面前，又扶了我一把。他第三轮滑行的时候，我又看见他了，我还是在地上，他看了我一眼不再来扶我了，我估计他心里肯定在想，'这家伙肯定是故意的吧'，所以他放弃我了。我那时候才明白，多次往返的缆车票是给他们用的，不是给我们。我们从山上滚下来一次，已经没勇气再上去第二次了。而且，滚下来一次就已经用了大半天的时间了。"

跳伞、骑马、考游艇执照……我有太多太多好玩儿的经历可以分享给她们。借着我的分享，她们也感受着我的感受，经历着我的经历。她们对我的世界好奇，正如我对她们的世界好奇一样，我们相互交换着生命中未曾有过的色彩。

邻里串门儿、聚餐、分享美食，在都川都是常态化的"节目"。回想在深圳的时候，家里那扇门，好像从未对朋友打开过，邻里间更是互不相识。

我说不清楚到了都川后，心里的那扇门是谁帮我打开的，是什么时候被打开的。只觉得，这种感觉……真好。

2.物是人非

世间，唯变化是永恒的。原本三个星期的寒假，延长至近三个月；原本面对面的线下学习，变成了线上远程教学。

此时我不禁想起一个童话故事：一个小男孩儿因做了好事，遇到了一位天使，天使承诺可以帮他实现一个愿望。小男孩思来想去不知道要什么，最终他对天使说，他想要一辈子都不要经历悲伤。天使应允了他。随着年岁的增长，小男孩儿果然没有经历过悲伤，但他却发现自己也怎么都快乐不起来，于是他带着疑问又找到了天使。

"天使姐姐，我真的没有经历过悲伤，但是，为什么我也感受不到快乐了呢？"小男孩儿疑惑地问。

天使笑了笑，对小男孩儿说："孩子，如果不经历悲伤，你又怎能感受到快乐呢？当你让我带走你的悲伤的时候，你就已经失去了快乐的能力了。"

生命真是奇妙。没有失去，就不懂得珍惜；没有经历悲伤，就不会拥有快乐。那些拥有幸福的人们，不了解的人总觉得他们是因为天生拥有更多的好运气才拥有幸福，殊不知所谓幸福，本就只能靠那经历一个个悲伤、艰辛的故事，千锤百炼之后所换得的一颗能笑对世间万千变化的心。

变化是否能唤醒人们对环境的保护意识？是否能提醒人们珍视健康？是否能让人们从繁忙的工作中暂且转移注意力到平

时被忽略的家人与被漠视的亲情上？是否能为自己换得一场深刻的自我审视与反思？是否能让忙于奔命的自己放慢脚步，做一次喘息，赏一阵风景？或是换取些许时间，让你能够思考和寻找平时无暇思考的永恒的命题，比如此生的意义？

寒假结束后返回广西，本学期就只剩下不到三个月时间。我和钟校长继续未完成的送课下乡任务，匆忙地跑完了川山镇剩下的校点。钟校长还在学期结束前成立了环江县首个数学工作室，而我则继续着我每周的兼课音乐教师培训和普及器乐教学。

我将迎接的变化，还不止这些。坐落在水围二街的我的原单位福田区水围小学收归集团管理，更名为福田区荔园外国语小学（水围），校长变成了柳中平，我向素未谋面的柳校长递交了第二年的支教申请。

当我第二年踏入都川小学时，一切也都不一样了……

"棉棉——"新学期，踏进我熟悉的办公室，只有重棉在，我张开双臂朝她走过去。

"赵老师——"重棉站起来迎我，给了我一个大大的熊抱。

"你真的留下来了！"重棉激动地说。

"当然啊，只要学校同意我就留。这里有你们，多好呀。"我说过我已爱上这片土地。

"你知道吗，姿娇主任走了，去县城了。"

"啥？姿娇主任去县城了？"我连忙望向原本在我隔壁坐着的姿娇主任的桌子，果然已经空空如也。

"李书记也走了。"

"什么？李书记也走了？不可能吧？"这让我更惊讶了，李书记一直是被韦校长当作接班人对象培养的，居然会离开？太不可思议了。

"贲校长也走了。"

"啊？她去哪里了？"作为川山镇的大校长居然也会说走就走？

"贲校长被调到县城七小当校长去了。姿娇主任、李书记、成晚主任、少玲、春蕾、庆艳全都跟着去了七小。"

"就剩你了？"

"就剩我了。"

"我的天呐，那韦校长不得哭了？"

"哭不哭不知道，反正头发都白了。书记走了，教导主任走了，大队辅导员走了，总务主任走了，数学科组长、文艺骨干也走了……"

"学校这么搞，还要不要办下去？如果我是韦校长我肯定是要哭的……"我一直觉得学校的中层干部们对于韦校长而言非常得力，没想到一个假期回来，这些得力干将都走了，整个学校的中层几乎都被挖走了。

"好吧，那我们相依为命吧……"我开玩笑道。

"是的，我们相依为命吧，哈哈……"重棉笑着说，"他们都以为会走的是我，因为我家在金城江，没想到就我留下来了。"

"那是噢，还是你好！"我说，"我也挺好的。环江高中啊，二高啊，四中啊，六小啊，都让我过去他们那，说没有音乐老师。局长也专门给我打电话问我要不要换到县城，我说不要，我的小伙伴们都在都川，我不要走。这下可好，我留下来了，他们倒是全走了。哎……叛徒！"

"哈哈哈哈……"重棉被我逗乐了。

重棉只是数了跟着贲校长到七小的老师，她还没算上调到县城其他学校的老师。开学时间到了，都川小学实际缺编教师为十六人。这不足的十六人，用了整整一个学期时间，才逐步到位补齐。学校的很多老师在这段时间里都是一个人包一个班上课，其中甚至包括新上任的大队辅导员。而由于中层的缺失，韦校长不得不委任一些刚毕业的新老师担任中层工作，一张张稚嫩的面孔，都被称为主任了。

国家有国家的"先富带动后富"，地方有地方的"强首府"。政府职能部门所考虑的，是希望能先振兴城镇，再帮扶乡村。我与局长交流时便了解到，他们有意识要将优质资源向县城倾斜，所以他也曾致电我，说第二年支教是否能考虑到县城。并且他们希望支教教师后期都能留在县城的学校，先把县城的教育做强。可是国家不也说过要"教育均衡发展"吗？

都川小学，愿我余生，都能与你并肩，绝不抛弃。

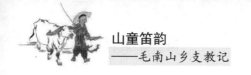
3.教师培训

教师培训是我到都川小学后主动提出并没有间断过的工作，开始我都是以音乐教育为主，第二年也发生了变化。网课期间，因为有足够的时间思考和整理，我重新设计了一场针对全科教师的，我认为最为实用的培训——《教育教学理论知识梳理》。

这个主题，我原是为川山镇的老师准备的，但这个讲座的首讲，却是在第二年支教时环江县教育局组织的新教师培训会上。新学期初始，教育局师培中心的覃品优老师就给我打电话，邀请我给全县新教师做一场培训，征求我的意见，问我可以给他们设计什么主题，毫无疑问《教育教学理论知识梳理》正是他们需要的。

培训当天开车来接我的是前面提到的师培中心的小林老师，我们准时抵达培训场地——环江县高级中学。

培训会场是一个大阶梯教室，目测里面能容纳两三百人，已基本坐满。靠大门右侧的墙壁上挂着一块满是小兜的布，最上面写着"放手机处"，想必是平时领导开会时防止老师们玩手机、开小差而准备的？我不禁窃笑，领导的办法真多。可是何不把会议内容准备得有趣高效，让大家听着不愿意开小差呢？至少我对自己接下来的讲座，是这么希望的。

教育局领导们做了简短的开班仪式，环江县教师培训中心的品优老师介绍过我后，下面的时间，就都交给我了。

"老师们，早上好！"我拿着麦克风走上台，向大家鞠了一躬。台下礼貌性回以掌声。"因为是新教师培训，我今天故意把头发扎高了一点，配合一下大家。"我撩了一下自己的高马尾辫，笑着对大家说，在场的老师们会心地笑了，把注意力暂且放在了我身上。

"品优老师刚才介绍过我了，我是一名来自深圳的音乐老师。你们没听错，是音乐老师。大家是不是都会觉得奇怪，这样一个主题为什么会让一个音乐老师来讲，"我指了指背景PPT上的"教育教学理论知识梳理"大标题，"因为这标题看上去太不'音乐'了。在这里我想告诉大家的是，无论是哪个学科，其教育理论是相通的，再者，这样一个看似枯燥的题目还真就适合音乐老师来讲，因为音乐老师用音乐的方式讲述，肯定不会让大家觉得无聊。在正式授课前，我先要恭喜在座的各位，我听说你们都是过五关斩六将，经过了激烈的竞争角逐后才有资格坐在这里成为一名人民教师的，我必须向大家表示祝贺。当然，不能只嘴上说，我知道大家需要点实际的，所以我早有准备，来，接着！"我从口袋里掏出我准备好的巧克力，走向左边往台下一扔，左边的一群老师尖叫着起身伸手去接。随后我走向右边，朝右后方用力扔了一次，又激起了右后方的一阵"人浪"。现场的气氛被我调动了起来，紧张且热烈的情绪未平复，我乘胜追击："是哪两位老师接到了糖果？"我问。

左前方和右后方两个接到糖果的老师非常得意地举着手摇着手中的巧克力，其他老师们都笑着向他们投去了羡慕的眼光，我使了个大劲儿，才扔出去两颗，他们一定期待着我从兜里掏出更多，盘算着下次一定要做好更充分的准备。我接着说：

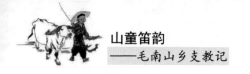

"太好了，恭喜两位幸运的老师，接下来就有请两位来回答我的问题。"

"哇……"现场一片哗然，他们绝对想不到一开场我就用糖果"套路"了他们。估计没拿到糖果的老师，已经从刚才的羡慕变成了庆幸，而拿到糖果的老师以紧张替代了高兴。相信这一番操作后，现场绝无一人需要墙壁上的手机袋了。紧张？不安？好奇？疑问？他们应该是怀着复杂的心情期待着我接下去的问题，全场的注意力凝聚在了一起。

"来，让我们先有请第一位接到糖果的老师！"大家的目光让刚才大方摇着手的那位老师变得扭捏起来。她一边缓缓站起身，一边笑着低下头，用手挡住自己已经泛红的脸，像是羞涩的少女第一次面对心爱的情郎，很不好意思的模样。这期间会场的工作人员将另一支麦克风递到了她手里，她拿到麦克风时又低头不好意思地笑了。

"这位老师您好，请问您贵姓？"我边提问边走下台朝那位老师的方向走过去。

"赵老师好，各位老师们好，我姓韦。"这位韦老师好不容易憋住笑，回答完问题，脸涨得通红。

"您好！韦老师，别紧张，我还想在环江'混'下去，所以我不会把题目出得太难的，不用担心。"此时我已经站在了韦老师所在的那一横排，我看清了她的模样。这位韦老师虽扎着马尾，但并不太年轻，我猜不出是因为她长得比较成熟，还是因为她工作多年后才考了教师的编制。她太紧张了，我很希望能到跟前握住她拿着麦克风的正在颤抖的手，可惜她坐的位置并没有靠近过道，我只能用语言玩笑式地安慰一下她。"我的第一个问题是，你心目中的好老师，是什么样的？或者说，你觉得什么样的老师，能被称为好老师。"我边提问，边用翻页笔将PPT翻到显示了这个问题的页面。

"呃……"韦老师思考了片刻，"我心中的好老师，应该是爱学生同时也被学生喜欢的。"回答这个问题时她稍微淡定下来了。

"很好，也就是爱学生也被学生爱对吗？"

"是的。"

"很好！还有吗？"

"还有……对工作认真负责。"

"很好，还有吗？"

"呃……"她停了片刻，可能真的想不出来了，"没有了。"她摇摇头，然后又止不住地笑了起来，并用手遮住嘴。

"非常好，谢谢您，韦老师，回答得非常好，请坐。"我的视线从韦老师身上移开，投向了大家，"看，我就说问题不难吧。"

我朝着右后方的方向做了一个抬手的动作："接下来有请第二位接到糖果的老师。"

右后方站起来一位高瘦的男老师，戴着眼镜，看着还是一副学生的模样，应该是刚毕业的孩子，他接过工作人员递过去的麦克风说："赵老师好，各位老师好，我是新入职的数学老师，我姓覃。"这孩子还算落落大方。

"覃老师您好，下面这个问题是给你的，在你的学生时代，最让你难忘的一个老师是谁？为什么？"我将PPT翻至下一页，出示了第二道题。

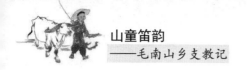

"最让我难忘的是赵老师您，我从来没有上过这种开场的课……"这孩子回答完，全场都笑了起来，大家还自发为他鼓了掌。我感觉自己被这孩子给套路了，也没忍住，笑出声来。

"哈哈，谢谢覃老师，可是我的课还没开始呢。我倒是希望课程结束之后大家会觉得难忘。请仔细阅读题目，是学生时代，我猜你现在应该已经在岗位上了，所以想想之前的，没有一位老师让你终生难忘吗？"我试图把他的答案引回正轨。

"嗯，有的。是我的中学数学老师韦老师。"

"为什么呢？"

"我刚上中学的时候学习习惯不好，韦老师没有放弃我，在学习和生活上都特别关心我，我后来在他的帮助下有了很大的进步，所以我永远都会记得他。"

"并且，长大后你就成了他，你也成了数学老师？"

"是的。"

"非常好，谢谢覃老师的回答！"我示意覃老师坐下，同时转身重新回到会场的舞台上，"老师们，大家知道我是以支教老师的身份来到环江这片土地的。从 2019 年踏入这片土地开始，我就发现环江这里，一个个的好老师，就在我们身边，所以非常急切地想要跟大家分享一下关于好老师的这个话题，"我把 PPT 切换到都川小学的几张照片，"这是我支教的都川小学。这是大操场，这是我的音乐教室。当我来到这所学校的时候，我异常地诧异，这居然是一所村办小学。我们国家都富强成什么样子了！一所村办小学，居然能如此漂亮。于是我跟韦校长沟通，我问韦校长，都川小学为什么能这么漂亮？韦校长跟我说，这学校漂亮，是喝酒喝出来的。"场上有人笑了。

"我很好奇，就继续追问，喝酒，怎么能喝出漂亮的学校呢？韦校长告诉我，之前学校的地上都是黄泥巴，他想要把学校变漂亮，就带着一堆主任、老师去水泥厂跟厂长讨水泥。厂长豪迈地拿出这么高的玻璃杯告诉韦校长，一杯酒换一包水泥。就是这样，靠着一杯一杯的酒，学校才变得越来越漂亮。此时我特别震惊，这一杯杯酒，换不来一张奖状，换不来更高级的职称，而这一切仅仅是凭着韦校长对教育的初心和责任感，太了不起了，韦校长这真是在用生命做教育啊！"

我把 PPT 切换到何顿小学的文化墙继续说："再看看这所学校。这是我去的川山镇的一个校点——何顿小学，我面对这一面文化墙的时候很震惊，看看这不同的字体，这精美的构图，我怎么也无法想象这居然是校长一笔笔画上去的。唐校长当时跟我说，'我们没钱，但不能缺了孩子的文化氛围'。如此用心，谁会给唐校长一张奖状吗？不会，甚至不会有人知道。但是他们不需要别人的肯定，他们只是默默地在为学生的成长负责。"

我把 PPT 页面切换到板途小学说："这是我到过的另一个校点——板途小学。这里只有一间教室，里面却坐着三个年级的学生。我给他们上了一节音乐课，上完课后，听课的覃校长大步走上来，紧紧地抓着我的手说，'太谢谢你了赵老师，十年前我在柳州听过一次音乐公开课，我当时就跟一同去听课的老师说，要有这样一个老师到我们学校给孩子们上一节音乐课那该多好呀。结果跟我一同去的老师冷冷地说了三个字，你做梦！今天我的梦圆了，我的梦圆了'。我看着覃校长激动的样子，心里别提多不是滋味了，就这么一个小小的要求，给孩子

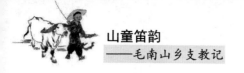

们上一节音乐课，覃校长居然在大山里面默默地等了十年。每天，三个年级的课覃校长都要轮一遍，中午还要给孩子们做饭。全校就他一个老师，他基本没有机会外出学习。扶贫工作他也不能少，放不下孩子怎么办？扶贫的时候带着学生一起去扶贫。我准备离开的时候，走到学校大门口，孩子们全都涌到了大门口，唱着我教他们的歌，跟我挥手说再见，我那一刻再也忍不住了，泪水涌了出来。那一天我在朋友圈里写下了这样一段话，'三个月，渐渐忘了怎么去上一节好课，却懂得了怎么去做一个好老师。因为一个好老师，是不能用一节好课来定义的'。向默默坚守在大山深处的教师致敬，也向在座的即将坚守责任的各位致敬！"说完我向大家深深地鞠了一躬。现场掌声一片，前排的培训中心的小林老师有点激动，我看他把眼镜摘下来好几次，不停地擦眼泪。

"在深圳的时候，我曾经以为一个好老师就是能上一节好课，用这节好课去参加各种级别的比赛，最终拿个国家级的大奖回来，所有人都会说，你是个好老师。来到环江以后，我才知道，原来好老师是不能用一节课去定义的。像覃校长那样，他根本没机会参加任何的赛课。他甚至没时间去写论文，他需要用休息时间去给孩子们做饭。所以是环江教会了我对好老师的定义，好老师可能只是你的默默坚守而已；也可能只是学生需要时，你的出现；又或者是领导分配任务时，你的一句'我愿意'。"我放慢了语速，希望给大家留下些思考与品味的时间，PPT上逐条显示了我刚才说的几点，培训现场异常安静。

"老师们，你们选择的这份职业，是清贫的。难以启齿的微薄薪水也许只能够维持大家的基本生存。但若说是精神层面上，这份职业又是神圣且富裕的。它所给你带来的精神层面的富庶是其他任何职业都无法比拟的。想想那位被学生一辈子记住和感恩的数学老师韦老师，今天他的学生就用'长大后我就成了你'回报了他曾经的付出，这是一种怎么样的成就与满足！前面，我在提这个问题的时候，在座的各位可能都在大脑中搜索了一遍属于自己的那位'被你记住，且对你影响一生的好老师'。当你想到他时，你的脸上会挂着笑，而他的身后闪着光。老师们，教育就是用自己的生命去影响另一群生命。今日既然选择，那么，我恳请大家务必认真对待，因为你所面对的是一个个鲜活的生命，影响的是一个个家庭，组合起来，那便是祖国的未来啊！"我要用他们自己的故事来开篇，告诉他们自己的伟大，或者鼓励他们变得伟大。

"大家知道吗？我特别喜欢你们这边的升旗仪式。虽然这边的升旗仪式没有深圳那边看起来那么'漂亮'，可是对于教育来说，'漂亮'真的很重要吗？韦校长跟我说，讲不好的孩子，才让他上去讲。一次讲不好，再讲一次，他肯定会越来越好。所以在都川小学，升旗仪式的讲话都是轮着上，而且学生们看上去讲得都是不够好的。可是深圳不一样，每周升旗都是固定的讲得最好的那个上。这种'漂亮'反倒是没有教育意义的，违反了教育的初衷。在此，作为一位拥有近二十年教龄的老教师，我有几条建议给到大家。第一，一定要站在学生的立场思考学生的需要，兼顾教育公平，千万不要把教育做功利了。这一点，我们大城市反倒是要向大家学习。我一直觉得乡村教育这块是净土，教育不像大城市那么功利。那么我恳请大家，一定要守护好、保留住这一片净土。第二点，要坚持学习和提

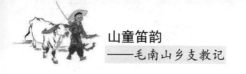

高，从教育教学工作本身寻找到乐趣与成就感。我们选择了这份清贫的职业，就要爱你所选，选你所爱。爱教育，才有可能爱学生。我们要把工作本身变成一种享受，变成一件快乐的事情。那么，提到教育教学工作，这便是我们今天主要需要帮大家梳理的内容。接下来谁可以回答我一下，在教育教学工作过程中，到底都有哪些具体的工作步骤？比如，授课？作业批改？这是其中两项。那么之前还有些什么步骤？中间还有什么？后面还有什么？哪位老师能说说看？"

按照教育的术语来说，我完成了课程的"导入"部分，正式进入新课教授环节了。我的导入是成功的，老师们无一开小差，注意力异常地集中，这必定会提高后面的教学效率。虽举手的老师不多，但对于贫困山区极度内敛的老师们来说，有人举手已经是极大的安慰了。我随意提问了一位年纪看上去不太小的男老师起来回答："有请那边那位老师。"我示意那位男老师回答，工作人员迅速递去麦克风。

"应该还有备课、反思。"他的回答很坚定。

"很好，对的，还有备课和教学反思。那么，还有吗？"我引导他继续补充。

"还有跟家长沟通，做学生的思想工作。"那位老师继续补充道。

"还有吗？"

"我能想到的就这么多。"

"已经非常好了，谢谢，请坐。我们把掌声送给他。"

我出示了带有答案的PPT页面继续说："教育教学工作有很多具体的环节，包括备课、写教案、说课、试讲、授课、听课评课、教学反思、学业评价等。那么今天我们就来捋一捋每个环节到底是什么概念，具体该怎么做。首先第一个环节应该是备课，那么有这么几个问题需要大家思考，一是什么是备课，二是为什么要备课，三是备什么课，有知道的吗？你如果知道其中一个，就可以举手回答。"

场上有零星几个老师举手，我提问了第一排一位女老师。

"我回答第三个，备课就是备学生、备教材和备教学方法。"

"非常好！掌声送给她！"大家配合着鼓了掌。

"还有两道题，有人知道答案吗？按照自己的理解表达就可以。"最简单的题被答了，剩下两道稍微难一点儿的题，老师们都不敢挑战。

"没有人举手，一种可能是大家都不知道，另一种可能是有老师知道但不敢举手。其实，对错不重要，我需要大家思考的过程。有人愿意试试吗？如果没有的话，我就随机挑老师回答咯？"我走下台，把兜里的巧克力放在了第一排一个老师的桌子上，那位老师看到糖果，一边把身子往后仰，一边对我摆着手，我明白她的意思，连忙安慰她道：

"别紧张，别紧张，这不是让您回答问题。"那位老师捂着嘴笑着，我继续面向大家说道，"我知道现在把糖扔出去可能大家都不会伸手接了，所以游戏规则变了，我现在把它放在前排这位老师前面，接下来我们一起唱'柳郎嘞'，边唱边把糖果传出去，可以传给身边前后左右的任意一位老师，歌声停时，谁拿到糖果，就请谁来回答。"

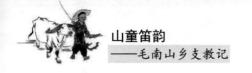

　　现场开始躁动了起来。"柳郎嘞哎，嘞郎柳……"我起头唱起毛南迎客歌的主题音乐，不需要多余的语言，全场跟唱了起来，气氛好不热烈，每个人边唱边高度关注着糖果的动向，"啊嘞啊嘞啊嘞"，随着结束句尾音的结束，"糖果片区"的老师们激动地叫了起来，其他老师都笑着鼓起掌。拿到糖果的老师无奈地边笑边站起来，时不时用手捂住自己合不拢的嘴，她接了麦克风。

　　"赵老师好，各位老师好。我来回答第二个问题吧，我觉得备课，就是为了上好课，没了。"她说完笑了起来，全场也笑了。我猜大家是觉得她回答得太简单了，可是她答得并没错，这正是为什么要备课的答案之一。

　　"很好啊，不要笑，对的！这就是为什么要备课的答案之一，是对的！当然还有其他的内容，一会儿我再给大家看完整的答案，但是答案其实并没有那么重要，重要的是大家现在的思考过程。那么我们还剩下最后一个题了，这是个概念题，大家会有点害怕，没关系，用自己的理解说出来就可以了。来，我们继续把糖果传出去。柳郎嘞哎，嘞郎柳……"

　　我这个音乐老师，就这么用音乐的方式帮老师们把这些概念通通梳理了一遍。我们探讨了教学目标和教学目的的异同，研究了教案里面详案和简案的区别和分别用在哪些时候，了解了教学目标设置的模式，知道了集体备课和个人备课的具体做法，弄懂了说课和试讲的区别，明白了教学反思的起源与种类，学会了教学评价的规则，掌握了学业评定的各种方法。三个小时的培训过程，手机的作用仅仅是拍下我课件里的知识而已。

　　课程结束时，师培中心的覃主任握着我的手说，没想到音乐老师可以讲这类理论内容，还讲得如此生动。他评价内容极其实用，接地气，讲授方式也受欢迎。从此我便应师培中心的邀约，开始了这一主题的巡讲，将这一主题的讲座送到县城的各个学校去。

　　每场讲座，小林老师都是我的司机，而只要他在场听，不管是听第几遍，他都会流泪……直到最后一场讲座，他才告诉我在开篇的那个关于他的故事。

第七章 别有洞"听"

"让我们乘着歌声的翅膀飞翔"

1.开场

"摄像还需要三到五分钟才能准备好。"摄像师说。

"不等,演出必须按时开始,还有二十秒。"我坚定地说。

两点五十九分五十五秒,五十六、五十七……我的眼睛一刻也没离开手表的秒针,在指针指到第五十八秒时,我抬头望向舞台对面的两位演奏者,在第五十九秒抬起指挥棒挥拍向下,三点钟一到,随着对面钢琴第一个音符的奏响,全场灯灭,只剩一束聚光灯投向舞台右侧的两位演奏者,他们男左女右,身着纯植物漂染的湛蓝色棉麻毛南民族服饰,成为全场唯一可见的焦点。欢快的前奏完毕后有了笛声的加入。前方、后方、左侧、右侧,不能确定声音来源的具体方向,音符交织在一起,顺着岩壁向上"攀岩",欲冲破天际却又被岩洞顶端钟乳阻挡包围,便在穹顶盘旋,据说岩洞上面有石缝直通向山顶之外,但能找到出口成功逃离的音符是少数,更多的乐音在洗刷过岩壁后,"逃窜"进了观众的耳朵。大家开始环顾四周,试图寻到笛声的来源,但周围除了观众手上各色的荧光手环外,到处一片漆黑。观众的目光在毫无所获的搜寻后,再次回到右方聚光灯下钢琴前正飞舞的手指,同时用耳朵去感受钢琴、笛声与大自然的完美融合。随着四声部主和弦的长音和钢琴基音上的颤音,也就是乐曲结束音的完成,背景灯、面光灯全部亮起,呈现在观众面前的是各色射灯下的钟乳石岩壁,还有顺着溶洞

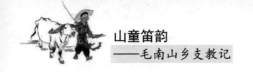

地势横向错落有致地站好队形的，手持大小竖笛，身着毛南族服饰的孩子们。顺势抬头，一块稍微平坦的石头上，投影着"山童笛韵·别有洞听"的白色标题。

余音绕梁，掌声雷动，经久不绝……

这首日本作曲家北村俊彦的作品，我把名字翻译成了《幸福列车》，竖笛演奏部分非常简单，钢琴伴奏的和声编配却异常绝美和有气氛。不得不提的两位钢琴演奏者，女生是我的好朋友——哥伦比亚大学毕业的旅美钢琴家谢薇，男生是她的搭档——天津茱莉亚学院的钢琴教师王安琪，他们都是特地从北京乘坐飞机来支持我这场演出的。

不论从演奏难度、演奏效果，还是乐曲情绪的角度，用这首曲子作为音乐会的开场曲都再合适不过了。我在做教师培训的时候，教会了所有兼课老师演奏这首曲子，按照我的设想与安排，黑暗中演奏的不只是台上的孩子们，还有正坐在观众席里"潜伏"着的老师们，这样全场就有了全然浸入式的听觉感受了。

我要的效果是第一首乐曲就能震彻山谷，震撼人心……

2.筹备

两周前……

"舞台在这儿，座位放在这边，学生候场在旁边。空间有限，人数需要限制。"我正跟教育局来考察地形的几位领导在瑞良洞里描述着我的需求，边说边现场比画着。

"赵老师，你是怎么想到要到这么个地方开音乐会的？"教育局办公室管仲主任问。

"上学期期末，我跟钟校长来这个洞里参观过一次。洞外面不是有个露天舞台嘛，他们说这边在下面不定期有民歌演出。可是当我爬上山，走进洞里，看到这里面的两个洞之后，觉得这里才该是开音乐会的地方。当时我拿着随身的笛子吹了一小段儿，天呐，那个混响效果，简直可以完胜深圳音乐厅。我立马冒出来这么个念想，溶洞音乐会！"我向他们陈述道。

"赵老师，舞台要多高，八十厘米行不行？"说话的是负责跟我对接演出相关事宜的教育局办公室副主任吴康。他一身格子西装，配着一双不太干净的棕色旧皮鞋，浓密的头发三七侧分，手里拿着本子和笔用来记录演出需求。

"你是指搭舞台吗？不需要。就这天然的舞台多好，不需要再搭什么舞台了。孩子们就站在这儿，后面还有高出来的一层，一部分孩子站在那个顶上，完美。"我回答。

"舞台肯定是要的，不然后面看不见。你看，就搭到这里，从那边到这边，就差不多了。"

"那边有凸起，舞台就不规则了，其实不需要舞台的。而且，限一下观众人数，都看得见的。退一万步讲，音乐会是靠听的，不是用看的。"我还是觉得舞台很多余。

"我觉得还是要搭一下。还有这边地上，都要铺上红毯子。"

"红毯子？为什么要红毯子？"

"地上都是小石子儿，铺平好一点。"

"我觉得一切从简吧，别弄那么复杂，越是简单自然越是美的。"一想到钢架舞台铺上红地毯，我顿时心生厌恶，这都什么时代了，我不想要一个乡村大舞台。

"赵老师说不要舞台，就不要舞台嘛。"管仲主任说。

"局长交代了，要把这次的事情做好。赵老师，舞台、音响、灯光，我们都要好好做，争取做精彩。"吴康很坚持。

"吴主任，是这样的。我这个音乐会的卖点，实际就是人与自然的融合，我要的是自然、纯净，包括会场和音乐都一样。我不需要太多人为因素介入，包括钢架舞台和音响，都是不需要的。溶洞里面的自然混响对竖笛合奏来说已经非常足够了，如果有什么麦克风音响等电声的介入，会完全把声响效果破坏掉。灯光也只需要给孩子们简单的面光灯，侧光给一点，让孩子们能看见乐谱就可以了。千万不要做成五颜六色、晃来晃去那种彩色的舞台灯。"我理解城乡审美差距，还是用足了耐心与吴主任沟通。

"赵老师，舞台、音响我们会外包给专业的演出公司去做，广告宣传板也会找广告公司去做。这些都是演出的常规要求，我们该有的，全都做齐，争取做到效果最好。"吴主任很是执拗。

词穷的我没再说话，我不知道还能补充什么来说服他，便闭了嘴。吴主任还在比量着、记录着什么，倒是很认真的样子。

"吴主任，这样吧，你记一下我具体需要的东西可以吗？演出整体的设计，我需要一个射灯、面光灯、侧光灯，白色就可以，不用彩色的。还需要入耳式对讲机，溶洞里面没有信号，演出调度需要用到。一定要入耳式的，不能用你们常规演出那种外放式的，我知道你们露天舞台用的都是外放那种，如果在洞里，全场人就都听到了，一定要入耳式。我还需要一个舞台用的投影仪，在溶洞里面把音乐会主题投影在上面那个位置。音乐会节目单，嘉宾宣传易拉宝，这些都是需要的。我暂时想到的就是这些，至于舞台，我真的觉得不必要，音响更加不需要。如果后面还有补充的话我微信再跟您说。"我边说，吴主任边认真记录着，由于第一次打交道，对这个人的靠谱程度我还不了解。不过既然是教育局派过来配合工作的，我想着有了工作分工，我尽管排练，有人负责舞台相关后勤保障，自然是件好事，不过我还是高兴得太早了……

"领导，我能不能跟教育局申请换个人配合我？我实在受不了这个吴主任了。"我拨通了环江教育局郑局长的电话，我承认此时我已情绪失控，口气很不好。

"有什么问题吗？"郑局长跟我年纪相仿，平时沟通起来比较没障碍。

山童笛韵
——毛南山乡支教记

　　"是这样的，前些天去溶洞实地考察的时候，我说不需要搭舞台，吴主任硬说搭。我说不需要音响，吴主任硬说要。好嘛，我说服不了他，就给我的师父发了学生现场彩排的视频。我的一个师父是南京师范大学的教授，国内首席竖笛培训专家；另一个在台湾，是亚洲为数不多的竖笛专业博士。两个师父看了现场视频，都说不要搭台，更不需要音响，跟我开始的想法一样，尽可能自然，舞台和音响破坏了整体的视觉和听觉效果。然后我觉得吴主任不听我的，那两位权威人士的建议总该接受了吧？我就把两个专家跟我微信的对话聊天截图给了吴主任。我想，这回应该没问题了。结果吴主任回我了一条，'我觉得还是搭一下吧'。局长，我受不了他了。我是那个对演出结果负责的人，他能不能不要那么有主见啊！他看过一场正经音乐会吗？权威人士说的，还不如'他觉得'？我现在就是不要舞台，我不要红地毯！我要的是国际化的音乐会，不是一个乡村大舞台。我没法跟他沟通了，我受不了了！"我越讲越激动，吴康在我眼里非常不讲道理，让我的情绪很失控。

　　"你跟莫委员反映了没有啊？要多沟通。"

　　"局长啊，沟而不通啊……要是能沟通，也不必打扰您了。"我用了极度绝望的口气。

　　"行吧，我过问一下吧。"局长回答。

　　"那就麻烦您了，我也是实在没其他办法了才给您打电话的。"挂了电话，心里还是堵堵的。

　　没过多久，吴康给我回电话了："赵老师，局长刚跟我说了，我现在了解了。你确定不要舞台和音响了对吗？"

　　"我非常确定，一直都非常确定啊吴主任。"

172

"有这么个情况，之前我们这边跟演出公司已经确定了这个时间了，他们的服务是打包的，包括舞台、音响，还有你需要的那些东西，现在如果不要的话，他们的时间预留出来了，也没办法退。所以搭和不搭舞台，都要那么多钱。"吴康解释道，"所以这种情况，还是不搭台吗？"

"吴主任，钱我不管，台和音响我坚决不要，其他事情由你们吧。"我现在算是有一点明白吴主任的坚持了。

"那行吧，那我就告诉他们不用舞台了。"

"太好了，麻烦您。把我需要那些东西准备好就行了，可以打标题的投影、射灯、对讲机那些我前面说过的。"我尽量控制着情绪，但我知道自己还是表现得不太友善。

"投影我问了，他们没有。"吴康说。

"不是演出公司吗，没有投影仪？"

"我问他们，他们说没有用过。"

"好吧，那我自己解决投影仪，他们提供其他的可以吗？"

"对讲机应该有，其他的我再问一下。"

"好的，有劳您。"

挂了电话，我的情绪久未平复。我不断告诉自己要调整心态，事情不可能总是一帆风顺，要学会隐忍，想生气时，想想那群可爱的孩子……

3.乐团第一课

四个月前……

"已经到的同学自己找位置坐下，下面点名啊，韦瑞妮？"

"到！"

"韦漫雪？"

……

来到我音乐教室里的这些孩子，来自四到六年级的不同的班级，是我选拔出来的竖笛队员。在班里选拔孩子的时候，我不敢给太难的曲子，只给了三个音的小曲儿，写在黑板上，还画了提示的指法图，三个年级四百来人里面，挑出了三十多名预备队员。我要求他们在早操时间，也就是九点十分到音乐教室集合，现在已经九点十五分了，人稀稀拉拉来了一半左右。当然，如果你熟悉这片土地就会了解，不守时的陋习也是这里的传统，如果没有外力的干预，估计也将会代际传递下去。作为教育者，自然是不应该容忍这种缺乏责任感的行为的。我一直等到九点半，人才到齐。竖笛队的第一课，正式开始。

"孩子们，首先恭喜大家今天能坐在这间教室里。能坐在这儿的，都是我一个个选出来的，你们都是有演奏天赋，又在班里特别有自控力的孩子。可以说，你们能坐在这儿，是因为你们足够优秀。在这个班里，老师会给大家建一个乐团，在座的各位就是乐团的演奏者。也许你们以后不会成为音乐家，但是在这个乐团的大家庭里面，我希望你们的将来，有音乐伴随你们成长，带给你们快乐。也希望借由音乐，你们能够变成一个更好的人，一个有责任感的人。所以，我对大家提出的第一条要求，是要守时。不论你们之前是什么样子的，从今天开始，做个守时的人。老师要求大家九点十分到教室，就必须克服困难，在这个时间前一定要到教室，不要慢慢吞吞。到了教室里面，可以坐在自己的位置上练习，但不能随意走动或者碰教室里的其他东西，比如电子琴、架子鼓。教室的卫生需要大家的共同爱护和保持，我们这个全校选拔出来的优秀的团队，无论在任何一方面，都请成为其他同学的榜样，为我们这个乐团争光，成为学校的骄傲。你们可以做到吗？"

孩子们纷纷内敛地点头。

"接下来我会讲讲在教室里使用乐器的具体规则……"

所以德育是乐团的第一课，也是由始至终从未脱离过的主题。音乐是手段，育人才是目的，我深刻地知道这一点。这也是为什么音乐会决定三点钟开场，我会精确到秒，片刻也不能等待。严谨是一种优秀的品质，教育应该教给孩子们这种品质。在四个月的训练里面，孩子们的确没有让我失望。他们从第二次课开始就极少迟到，每次也非常遵守规矩，在我到之前，他们都能自己在座位上练习；每次下课，都能够把凳子摆整齐；窗户、风扇和灯，不需要交代，他们都会顺手关好。我每天看着他们的改变，内心充满了满足感。在日复一日的训练中，他们的行为，已经变得不那么"广西"了。

在乐团整个训练过程中，由于完全没有基础，孩子们起步的时候接受得比较慢，我甚至用了一个月时间才教会孩子们听

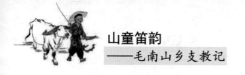

节拍器。但由于他们对学习机会的珍视和对老师的无条件服从，使得后期训练过程中，他们的进步远超出了我的预期。这使我对他们的成果展示有了信心，我要让世界看到他们的变化，也想要他们看到自己是可以创造未来的，为他们办一场"前无古人，后无来者"的溶洞音乐会的想法便应运而生。

4.乐曲三首

《幸福拍手歌》

开场曲结束后，身着红色连衣裙的主持人刘莉老师上台讲了开场白。刘莉老师是第二年从深圳来到都川小学支教的队友，她住在我对门儿，也就是原来钟校长住的屋子。

"尊敬的各位嘉宾，各位领导，亲爱的各位老师、同学们，大家下午好！山区学童换新颜，环江教育展新姿！天然舞台瑞良洞，笛音袅袅迎新年！在国家政策的扶持下，作为深圳市福田区的对口的环江毛南族自治县，如今已经正式退出贫困县序列。就如同刚刚那首乐曲，如今的毛南族人民已经乘上了幸福列车，通往幸福之路。欢迎大家在此一起见证这一幸福时刻。接下来，有请教育局党工委莫委员上台为音乐会致辞！"

在工作前期，我自然希望能够邀请到环江县委的领导们出席这场独一无二的溶洞音乐会演出，可最终的结果却是，能出席的全场最大的领导是教育局党工委莫委员。莫委员代表官方做了开场发言。接下来将是音乐会的第一首曲目。

"接下来将由竖笛队为我们演奏《幸福拍手歌》，各位观众如果觉得幸福，那就请一起拍手吧！"

主持人报幕完毕后，我手持指挥棒，大步迈向台前，向观众席鞠了个躬。黑色抛光亮面皮靴，区别于男装稍微束脚的西

裤，白色折领衬衫外搭黑色礼服外套，黑色缎面微微反光的礼服领子让它更适合舞台，配上我精心挑选的黑色镶金色叶子装饰的领结，帅气中不失柔和，这是我今天的装扮。转过身，面对我的32名乐团成员，抬手间，队员们的胳膊肘架起，把竖笛笛头放在嘴边做好演奏准备。我从左往右扫视了一遍，确保站着的、坐着的，高中低和次中音全部队员准备完毕。顺着溶洞地势散落着的高高低低的队员们精神抖擞，错落的队形也非常养眼。伴着自己的吸气与抬手，队员们整齐地吸气，指挥棒到拍点的刹那，音符奏响。乐曲被孩子们演绎得跳跃、清晰。

《幸福拍手歌》是一首大家非常熟悉的儿歌，演奏难度不高，放在第一首是因为乐曲节奏欢快，并可与观众互动，也可以跟前面的《幸福列车》做一个衔接，承前启后。这首曲子有两拍需要观众配合拍手，我单脚后退一步，侧身向后把指挥手势给到身后的观众，观众们接到信号，便配合着在曲间停顿的两拍拍手。欢快的乐音，观众的拍手声，连这沉寂了千年的溶洞也感受到了快乐。曲终，我转身谢过观众的掌声。

"假如感到幸福，你就拍拍手。"这是歌曲原本的歌词。在场每位拍手的人啊，你们幸福吗？幸福到底是什么，幸福来自什么？

我的幸福，是因寻到了人生的意义，并能在通往理想的路上笃定前行。因为有了心中这份笃定，沿途那一切艰难险阻均变成了独特的风景。我真希望借着自己的努力，让孩子们也能拥有幸福人生。让在场的听众们，都成为更幸福的人。

此刻，让我们都拍起手吧，让世界也能感受到我们的幸福。

《毛南迎客歌变奏曲》

"环江是少数民族地区，我们有毛南族、瑶族、壮族……接下来为大家送上的是两首少数民族歌曲，第一首是由赵倩仪老师根据毛南族民歌《迎客歌》改编而成的《毛南迎客歌变奏曲》，第二首是大家耳熟能详的《瑶族舞曲》，请欣赏。"

乐曲开头高音笛自由节奏奏响，正如主人见到了前来的客人，高兴地跨步上前作揖表示欢迎。

次中音笛回应，正如客人进家对主人的作揖回应，谦卑地向主人家说了声"打扰了"！

高音、中音三度音程二声部响起，气氛热闹了起来，像是家里人纷纷外出迎接，引导着客人往家里走，次中音回应再次用两个音回应，像是应了主人的邀请，随着主人踏进家门。四声部半终止和弦进行的两个长音自由延长，如同主人、宾客已各自就座，引子部分结束。三秒钟的间隙中，音乐的静止带动全场呼吸的静止，只剩余音绕壁。抬手起拍，《迎客歌》主旋律呈现。左手边的高音笛演奏者，后三个站着，前两个背靠背坐着，熟练地演奏出乐曲主旋律。左后方的八名次中音，还有右后方的八名低音演奏者，在溶洞内自然形成的更高一层起伏地势的石丘上横向拉开站满。地势和个头的不统一使得队形形成自然起状。中音的十名演奏者在右前方，前四后六梯形站队。这三个声部的演奏者演奏着乐曲的铺底和弦，为主旋律伴奏。广板的速度，奏出了主宾餐桌上回忆、叙事的愉快畅谈。此段的旋律，完全运用了毛南族《迎客歌》的主旋律，我只是加配

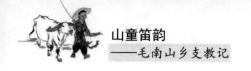

了各声部的伴奏音。旋律结束，进入变奏段落，变奏段落是我根据《迎客歌》主旋律改编成的中板乐曲。所描写的，正如每次主宾聚餐，几杯土酒下肚之后那种飘飘然的摇晃感，所以，我用的是三拍子来表达。乐段结束后，片刻静息，《迎客歌》主旋律再现，速度变成了小快板。眼前的一幕，便是饭到高潮时主人们兴起，起身大唱《迎客歌》的场景。音乐把聚会推向了高潮，主宾情绪热烈、激动。曲终，高音笛乐句接着四声部的齐奏长音，表现聚会的完美收官与主人对下次相聚的期盼。

《迎客歌》是我到环江之后听得最多的毛南族歌曲，也是我认为最能够代表毛南这片土地的歌曲。网上大多是有配乐的版本，我尤其喜欢听他们本地人演唱的原生态清唱，他们的演唱，跟这片土地一样纯洁、热情、本真。

借孩子们的演绎，我用此曲表达了自己对毛南族的感激和爱，不知道在场的各位听众们，你们接收到了吗？

《瑶族舞曲》

低音、次中音、中音三个声部的竖笛用切分节奏铺底，衬托着高声部《瑶族舞曲》的主旋律。有规律的节奏型让听众的身体不自觉地随着音乐的节奏摇摆，似乎体内血液的流动也带有了律动，从心脏到四肢甚至到毛发，血流经过的每个身体细胞也都随之舞动了起来。

左侧排在第一位的女孩儿脸蛋儿圆润，两腮泛着高原红。头发高高地扎成两条麻花辫，一双水汪汪的大眼睛闪着快乐与自信的光芒，听得出来她负责的是高声部，每个音清晰有力，沉稳且坚定。她坐在轮椅上，毯子盖在腿上。从左向右扫视，孩子们的个子高低不齐，似乎年级跨度很大。最右手边第二排的男孩子比起旁边的孩子高出了一个头。他演奏的是低音声部，他用左腋窝夹着拐杖，以至于左肩膀明显高于右肩膀，然而这似乎没有妨碍他的演奏，因为与他的高个子相称的是他有着纤长的手指。他们没有统一的服装，老式的旧棉袄款式各异，脚上以黑色为主的棉鞋，踩在迷彩帐篷外的黄土地上。

随着音乐，蓝色帐篷内的安置人员纷纷走了出来，他们用极轻的步子向声音传出的地方靠近，生怕自己的声音破坏了音乐的美妙。不大一会儿，迷彩帐篷前的空地便站满了人，后来的人们不得不走到远处的山坡上，以获得最佳的观赏视线。

乐曲第二段是快板，如同把先前优雅的舞蹈变成了众人的狂欢。演奏者灵活的手指使得四个声部的音乐完美地交织，聆听者的血液随着音乐速度的增加而沸腾了起来，一股暖流在身

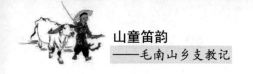

体里穿行，驱走了天气的严寒，直至音乐的最后一个音响毕，那沸腾的热血已找到了出口，化作不息的泪水从每位听众的泪腺中喷涌而出……

时间如凝住了一般，只有风吹着浮土从人们脚下扫过。站在第一排的老村主任踉跄地走到张牧老师面前，紧紧地握住他的手，他几次张嘴，却又几次哽噎得说不出话来，他用尽全力屏住了呼吸，把话断断续续地挤了出来："张老师，您知道吗……这是地震之后，我第一次看到这群失去父母的娃娃们微笑啊……"

我师父，也就是张牧老师说，那年汶川大地震，国外红十字会给灾区捐了一批乐队编制的竖笛乐器。当时他们接到物资之后，四处找寻能够教授这件乐器的老师。张牧老师当时已是国内竖笛领域的权威专家，在他得知消息后，毫不犹豫地投身到汶川震后义教队伍中。师父说，巨大灾难让汶川的孩子们心理上形成了严重的创伤，而国外的红十字会深知音乐对心灵的疗愈作用，才捐赠了这样一批物资。

师父每天只利用课前和课后零碎的时间教孩子们，大概用了一个月的时间，就在临时搭建的教学帐篷外，演奏了这首《瑶族舞曲》。

乐曲演奏完毕，环顾四周，在场的每个观众都在静默中流着泪水，如同流浪者在漫长、寒冷的冬夜里看到了火光。

强压下眼眶中的泪水，我的视线从模糊逐渐变得清晰，我重新看清了我的队员们的面孔。整齐的毛南族服饰，错落有致的队形，融为一体的自然溶洞，同一首自信且快乐的《瑶族舞

曲》。而张牧老师此时也正坐在场下正中央的位置观看着这场
演出，见证着他的徒儿对精神力量的传承。

　　如果音乐曾经赐予过汶川力量，那么，也请将力量赐予环
江这片土地。请允许我追随师父的步伐，将爱与音乐洒遍祖国
的每一寸土地。

5.嘉宾演出

"赵老师，我想我们还是不上了吧？"朗菊老师在节目彩排后打了退堂鼓。

"为什么？"

"我们觉得唱得不够好。你请的嘉宾都是国际级的，我们上去怕拖你的后腿。"

"天呐，怎么会，你们唱得真的很好！你们这种原生态的演唱，在外面不知道多受欢迎。你要相信我，民族的就是世界的！你们真的表演得很棒，不上的话就太可惜了！"

在这场音乐会里，我安排了三个嘉宾节目，一个是我的好朋友谢薇带来的和王安琪的双钢琴合奏，一个是深圳音协会员王力新老师的自弹自唱《我爱你中国》，还有一个就是都川小学老师们的本地民歌演唱《嗦哩嗦》。

《嗦哩嗦》是本地的民歌，曲调固定，歌词可以根据具体演出场景自由创编。参与节目是自愿报名的，由音乐爱好者何郎菊老师牵头，利用晚上的时间集中练习。老师们把它当作了娱乐活动，快退休的月秀老师、学校的财务金晔老师、弹琴弹得不错的永固老师、喜欢摄影的桂丹老师、刚毕业的蕊娜老师……老中青三代爱好音乐的老师都参与其中。我们支教队伍里的周爱红老师和毛淑琴老师也参加了。大家在排练前集思广益，把《嗦哩嗦》创编成歌颂党的扶贫政策，赞美教育帮扶成

184

果之类的歌词。郎菊老师虽在上台前表现出了不自信，但在我的坚持下，这个节目还是成功亮了相。

"唱歌是毛南族人最喜爱的文娱活动，民歌形式随编随唱，人人都有昼夜连唱不停的才能。情歌叫'比'，祝贺歌谓'欢'，歌手称为'近比''近欢'。今天，来自都川小学的'近欢'们也将以歌会友，为大家带来毛南族特色民歌《嗦哩嗦》，请大家欣赏！"

主持人报幕完毕后，都川小学教师组成的民歌队闪亮登场。除了妆化得有点太浓之外，老师们的表现热情、本真，效果堪称完美。

无伴奏，一领众和的原生态民歌，加之溶洞里的自然混响，效果可以想象。由于对于本地人来说曲调极其熟悉，又是用的壮语演唱，观众们不自觉地跟着节奏拍起手来。在歌曲演唱到高潮部分时，我设计的是让大家分头走下去，跟前排观众握手互动，现场气氛好不热烈，将音乐会推向了一个小高潮。

我的孩子们重新返回台上的时候，变换成站在中间集中演奏的梯队队形，因为后面的曲目他们需要看谱。我没有要求孩子们把近二十首演奏曲目都背下来，而是允许他们看谱演奏。正是因为训练和演出都允许他们看谱，他们的识谱能力得到极佳的训练。到演出前，四个声部的乐曲，上午发谱，孩子们下午基本就能合作下来了。我认为，这才是真正的音乐素养和音乐能力。

《可爱的一朵玫瑰花》《半个月亮爬上来》《送别》三首曲子之后，是特邀嘉宾——旅美钢琴家谢薇和天津茱莉亚学院的王安琪老师的双钢琴演奏。为了大家能听懂，谢薇特地选择

了中国双钢琴曲目《红旗颂》。谢薇在得知我筹划这场音乐会的时候，不但特地排开了自己的时间，主动提出从北京乘飞机过来参与和支持，还发动家长团队筹集了音乐会的活动资金。孩子们身上漂亮的演出服，平时训练时的零食、面包等，都是从这笔费用中支出的。而她和王安琪老师的登场，也拉高了整体音乐会的量级，使之跨越成为国际级的水准。与他们的合作过程，我看到了专业、严谨、认真和情怀。同时，我希望他们的出现，能够给孩子们立下标杆，感受到每位成功者身上的必备品质，并能为之努力。

"音乐不分国界，不分语言。音乐可以表达情感，抒发情怀；音乐可以开阔视野，了解不同的文化；音乐可以陶冶心灵，放飞自我，音乐可以带我们走向更广阔的世界！请欣赏外国乐曲联奏，那不勒斯船歌《桑塔·露琪亚》和日本久石让的作品《晴日当空》。"

两首外国的曲目后，穿插了一个临时加上的嘉宾节目——王力新老师的自弹自唱《我爱你中国》。王力新老师是深圳音协会员，也是我的一位老朋友，得知我在广西的这场音乐会，一个人从深圳开了十二小时车过来到场支持。一首深情的《我爱你中国》，征服了在场的每一位听众。

《平安夜》《邻家的龙猫》《美国巡逻兵》是接下来孩子们演奏的难度比较高的几首曲目。每次演奏到有难度的曲目时，我都会不自觉地瞄向右手边容易"冒泡儿"的第二排中音笛韦甚航的方向。

还好，今天他没"冒泡儿"。

6.我的理想

正在乐团右手边第二排演奏中音笛的那个个子不高，圆圆脸、单眼皮、厚嘴唇的孩子就叫韦甚航。我去班里挑队员的时候，大多都是演奏得还可以的孩子被挑出来，只有他例外。我让他加入乐团的原因，仅仅是因为他在学校里很出名。

记得本书刚开头时，我提到过一个孩子在自己写的一篇名为《我的理想》的作文里写："我的理想，就是当一个贫困户！"那个孩子就是他。也正是因为这篇作文，他在学校里出了名。因为好奇，我具体了解了一下他想当贫困户的原因，而事实上我觉得他说得不无道理。

他在文中写道，他的爸爸妈妈经常不在家，家里来了关心他，会给他送礼物的人他都会很开心。而这些人，便是定期去做扶贫工作的扶贫干部们。他因为自己的贫困户身份，才能够得到外界对他的关心关爱，他觉得即使长大了，也想当贫困户，因为他不想失去这份关爱，这是原因之一；另一个原因则是抚养他长大的爷爷一直很知足，在他面前不厌其烦地念叨，国家政策好，当贫困户好，不用干活也有房住、有饭吃。受爷爷的影响，他便把"当一个贫困户"作为了自己的理想，写在了作文里。

在学校里交流这篇作文的时候，老师们大多是当笑话来看的，可深思起来，也难免让人担忧。国家的扶贫政策，确实解

187

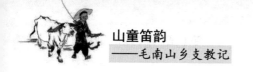

决了贫困山区人民的吃住问题。可是当贫困户的下一代，把"当贫困户"作为自己的理想的时候，这个"贫"，我们真的"脱"了吗？

此时我不禁想起一个委内瑞拉的案例。众所周知，委内瑞拉是一个贫困人口数量极高的国家，"饥饿"和"暴力"笼罩着整个社会。然而，由一位音乐老师发起的"音乐拯救社会计划"改变了这一切。这个音乐老师招募最底层贫困家庭里的孩子们成为委内瑞拉青年管弦乐团的团员，教他们演奏音乐。他的目的不是传授音乐技巧，而是要把希望带给孩子们和他们的家庭，乃至整个底层社会。

"关于贫穷，最可悲的不是没有房子可以住，没有面包可以吃，而是没有自我意识，缺乏存在感，缺少自我认同和不被尊重。"

乐团训练的过程，要求孩子有克服困难的精神与团结协作的能力，孩子们逐渐对美有了憧憬，对美好的生活有了向往。音乐唤醒了孩子们的情感，塑造了他们的价值观念，使他们在精神上不再贫瘠。在这个计划里面，无数的孩子因参加了乐团而改变了命运，他们有些成了著名的音乐家，有些虽然没有成为音乐家，但成了对美好生活有追求有向往，对社会有责任感的积极上进的人。学音乐的孩子们的自尊自信，影响了他们的家庭，一个个家庭影响着整个社区，在音乐的影响下，推动了整个社会的向美向善。

起初，这个计划只是一个音乐老师在自家车库里发起的。而后，因为乐团对整个社会的影响，这个计划变成了国家政策，"饥饿"与"暴力"的社会普遍现象凭借着音乐教育的普及得以减少，而委内瑞拉青年交响乐团现已跻身世界十大最有影响力交响乐团。

"音乐本身就能创造强大的精神世界，它能使人克服物质的贫乏，改变人的精神状态，提升他们的尊严。"

所以，精神脱贫的最优方式，"音乐"便是答案。在我的乐团里面，我的确看到了孩子们的变化。他们在训练中变得团结、认真、严谨，在演出中变得快乐和自信。而这个韦甚航，在刚进乐团的时候经常打瞌睡，注意力不集中。因为是团队协作，在团队中"冒泡儿"、拖后腿还是会让他脸红，让他感到不好意思。他只好开始集中注意力，逐渐学会了认真和专注。他的班主任看到他的训练状态时觉得很诧异，还当着我的面对他说："如果你学习有这么认真就好了。"

所以，心中的那份贫瘠，就用"音乐"帮他们褪去吧。

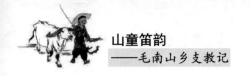

7.乘着歌声的翅膀

　　演出的最后一首乐曲，是师生合奏的《乘着歌声的翅膀》。音乐随着手中的指挥棒流淌而出，钢琴的琴音、竖笛中低音声部的三拍子和弦铺底与高音笛动人的旋律灌满了整个溶洞，将这块不大的空间变成了春天。

　　看着眼前孩子们和老师们无与伦比的齐心演奏，我的心随着音符而融化，化成了五色的藤类花朵爬满了岩壁。一个九拍的长音，孩子们的稳定、完美的演绎，简直美得让人窒息。一股暖流涌上心头，我不得不反复地提醒自己正在演出，现在不能让眼泪掉下来。从前只在音乐厅才会产生的感动，就在这个溶洞里产生了。

　　孩子们，你们太让我骄傲了！

　　我是一名音乐老师，2019 年我乘着歌声的翅膀来到这片贫瘠的土地。2020 年 12 月 30 日，孩子们在这个钟乳石密布的溶洞里乘着歌声的翅膀，带着观众们以家乡环江为起点一路飞翔，那一座座大山，将不再是他们触摸世界与感受幸福的阻碍。

　　音乐会结束时，记者问我对孩子们的未来有什么期待，我告诉记者："你看到了，孩子们现在已经很棒了。音乐已经让他们变成了有责任感，懂得团结合作，勇于克服困难的人。我并不期待他们将来能够成为音乐家，这些孩子们的人生中能有音乐为伴，能自尊、自信地生活，这就是我对他们的期待！"

　　是的，人生就是一场不留痕迹的旅行。我的确是命运的宠儿，因为我知道自己是谁，为什么来，我要去哪儿。

　　更何况，我是"乘着歌声的翅膀"。

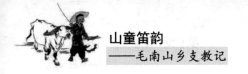

终 章

"韦甚航，你过来。你长大，想要当贫困户？"

"谁说我要当贫困户？"

"你不是在作文里写，你的理想就是当贫困户吗？"

"我不要当贫困户了，我长大要听音乐会！当贫困户可没得听。"

"那你长大了要干吗？"

"我长大了，要去买音乐会的门票！"

2022 年 3 月 5 日

完成于深圳

后　记

　　两年时光转瞬即逝。我很高兴，在那片净土中洒下的每一滴汗水都开出了花。在我回到深圳的日子里，我依然坚持跟环江地区保持联系，给老师们上网课。都川小学的乐团现已交给桂丹和朗菊老师，环江县第七小学的竖笛普及也开展起来了，在我离开后，贲校长亲自给全体老师上竖笛课，要求做到"班班有笛声"。何顿小学的竖笛也吹起来了，唐校长每周邀请桂丹老师到校点给孩子们指导一次。网络使我们能突破距离的局限，得以持续紧密联系。

　　有人提醒我，福田的帮扶对象已经不是环江了，让我释然。我倒觉得，我和环江的联系因政策开始，但不应因政策而结束。我与环江之间，早已不是简单的帮扶关系了。

　　在此感谢我的师父张牧老师对我的无条件支持；感谢师父陈孟亨老师一直远程指导；感谢我的导师韩中健老师、杨健老师对我的谆谆教导；感谢谢薇及其家长团队，没有你们的支持就没有音乐会的完美呈现；感谢王安琪老师的演出和邀约媒体的报道；感谢王力新老师的完美演出与鼎力支持；感谢我创业班的班长魏老师，她持续关注着我的支教信息，带领伙伴们从深圳骑单车到环江，沿途一路募捐，向何顿小学和板途小学资助图书、体育器材和乐器等物资；感谢创业班的同学曹自力，

193

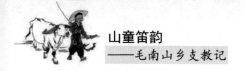

在此过程中一直给予我最大的支持；感谢通过我的朋友圈给贫困户资助了半年生活费的无名氏；感谢关注贫困山区教育的各位爱心人士；感谢福新小学魏华校长，捐助了两万元，用于低音竖笛增配，使团队音色得以提升；感谢肖德明校长让我在水围小学实践我的器乐普及梦想；感谢张娟老师，带我去广州参加第一次竖笛培训——那是我梦开始的地方。

感谢我的支教伙伴：钟雄校长、韩雁校长、周爱红老师、毛淑琴老师、刘莉老师、赵霖霞老师，你们给予我的，是值得珍藏一辈子的美好回忆。

如果可能，真想在支教的路上一直走下去……

赵倩仪

2022. 3. 14